Carl Gustav Carus

Gedanken über große Kunst

Verone

Carl Gustav Carus

Gedanken über große Kunst

1st Edition | ISBN: 978-9-92500-185-9

Place of Publication: Nikosia, Cyprus

Erscheinungsjahr: 2016

TP Verone Publishing House Ltd.

Reproduktion des Originals in Großdruckschrift.

Carl Gustav Carus

Gedanken über große Kunst

Dichtung

Shakespeare

Nach Tiecks Vorlesung des ›Wintermärchens‹

Wenn tausendfältige Strahlen, von dem Göttlichen ausgehend, auf tausendfältige Weise von den Erscheinungen zurückgespiegelt werden – wo ist es, dass der Strahl am unmittelbarsten, am meisten als volles, ganzes Sonnenbild zurückgespiegelt wird? Wo anders als von der Erscheinung des echten, des wahrhaftigen Poeten? Nur von ihm aus strahlt wie vom Göttlichen selbst eine wahrhaftige, eine unendlich mannigfaltige, eine lebendige Welt. Ist im vollendeten Heiligen die innerste Idee des Göttlichen lebendig geworden, so ist dies doch nicht wie im echten Poeten die ganze Offenbarung – es ist eine Auswahl – ein Sublimat – ein Exzerpt. Aber im Poeten tritt die Welt selbst mit ihren Lücken und Vollkommenheiten, ihren Schönheiten und Widerlichkeiten, ihrem Guten und Bösen, wie ihre Erscheinung von Ewigkeit her im Geiste des Göttlichen selbst aufgestiegen war, hervor, – belebt – begeistert uns – und ist das höchste Dokument der eignen göttlichen Natur menschlichen Geistes.

Diese Gedanken kamen mir heute, als die Zauberwelt dieses heitersten, frischesten Pfeiles aus Shakespeares

Köcher mich belebend, ja entzückend durchdrungen hatte.

O dieser Shakespeare ist selbst wie die Hermione unverloren; und von Tausenden tot geglaubt und doch lebend und beseligend, steigt er immer wieder gleich der Hermione von seinem Piedestal herab, zu allen denen, die seinem geheimnisvollen Kreise mit Liebe und Hingebung sich nahen.

Übrigens wird mir heute recht klar, warum so manche sonst glücklich begabte Naturen zum innern Verständnis dieses Dichters sich gar nicht hindurcharbeiten können. Seine Werke sind nämlich in so großartigem Zusammenhange gedacht, dass notwendig ein Standpunkt gefordert wird, das Ganze zu überblicken und die hohe Kunst des Meisters zu empfinden. Denke dir Raffaels ›Verklärung‹ in einer Handbreit Entfernung stückweise betrachtet, du siehst einzelne prächtige Köpfe, Hände, Füße, dann leere Stellen, dunkle oder helle Flächen, die dir ohne Bedeutung scheinen, und gewiss, du würdest bald ermüden, solltest du lange noch solch stückweise Betrachtungen fortsetzen. Aber nun weiter zurück – in die rechte Entfernung, in das rechte Licht –, und jetzt blitzt dir auf einmal die Macht der ganzen Konzeption des Künstlers entgegen. So mit Shakespeares Stücken! Lies dies ›Wintermärchen‹ stückweis, heute einen Akt, morgen den andern. Vieles wird dich erfreun, manches vielleicht dir unbedeutend erscheinen, anderes zerrissen und ohne Zusammenhang dir vorkommen. Nun aber das Ganze so ohne Unterbrechung rein und klar auf einmal aufgerollt, und welche Fülle des Lebens, welche hohe poetische Freiheit, welche Frischheit der Zeichnungen! – Also Heil dem Dichter und Dank dem Lehrer!

Nach der ersten Aufführung des ›Sommernachtstraums‹ in Dresden 1844

Ich sah einst eine blank aus der Werkstatt heraufgehobne Glocke. Damit man sich überzeuge, ihr Ton zum Geläute sei genau der geforderte, brachte man die Pfeife einer Orgel und gab ebendiesen Ton auf ihr an. Sowie der Ton rein aus dem Rohr erklang, fing die Glocke an, von selbst mächtig zu dröhnen und zu erklingen, ohne dass sie berührt war. Kein andrer Ton regte ihr Klingen an. So geht es mir und am Ende wohl jedem. Nur tief Verwandtes regt Verwandtes mächtig auf.

Mir ist heute Abend sonderbar zumute nach diesem ›Sommernachtstraum‹. Wie drängt sich mit Macht die ganze bunte Welt der Poesie heran! ... Und wahr ists, man muss diese Sachen doch alle auch einmal suchen auf eine würdige Weise zu verkörpern, um sie ganz und allseitig zu fassen. Solange wir sie einzig lesen oder lesen hören, bleiben sie im letzten Grunde doch immer etwas ›von des Gedankens Blässe angekränkelt‹. Sehnt sich doch alle Idee, wenn ihre Zeit gekommen ist, zu einem vollen ganzen und leiblichen Sich-Darleben. Und zumal solche Werke, die unmittelbar zum Darstellen von einem Geiste wie Shakespeare geschaffen wurden. Wir treiben vielleicht oft eine Art Metaphysik mit dem, was zu einer eigentlichen Physis bestimmt ist. Aber freilich, das schöne Wort, das auch hier so ganz beiläufig der Dichter den Theseus sagen lässt und was auch hier wieder den Schlüssel mindestens zur Darstellung des

Stücks enthält, es muss nicht vergessen werden: ›Das Beste in dieser Art ist nur Schattenspiel, und das Schlechteste ist nichts Schlechteres, wenn die Einbildungskraft nachhilft.‹

Wir müssen vor die Bühne den Geist und das Verständnis des Dichters mitbringen. Auch hier bekommt nur der, der da hat, und der nicht hat, von dem wird auch noch das genommen, was er hat. Aber lebt diese ganze Wunderwelt schon in unserm Haupte, sehnt sie sich wie eingeschlossene Geister nach Befreiung und möchte lange schon heraus ins volle Leben der Menschen und eröffnen sich ihr nun so die Kreise einer seltsamen Wirklichkeit – bei buntem Lichtschimmer dringen wirklich Lebensbilder dieser Vorstellungen heran-, dann saugen auch aus dieser Wirklichkeit die Gedanken unsers Innern einen gewissen Lebenssaft an und nähren und erfreuen sich daran, decken auch darum gern die Lücken dieser Wirklichkeit zu und leben sich gewissermaßen mit jenen Erscheinungen ein. So ging mirs heute Abend. Ich fühlte mich so durchwärmt von diesem Schauen und Hören, die Vorstellungswelt innern poetischen Schaffens war wie von Neuem, frischem Lebenssaft durchdrungen, und der ganze frische Lebensmut, von dem das nichtige Treiben des Tages uns gern abbringen möchte, wenn es nur könnte, er flammte so recht hell wieder auf.

...Und so kann man hier noch an tausend anderes erinnert werden, zumal an das, was der Vorwurf dieses ganzen Stücks ist, nämlich die seltsam wechselnde Phantasmagorie menschlicher Neigungen und Schicksale zu zeigen und erkennen zu lassen, wie all dieser Streit und all dies Schwanken und Neigen und Beugen im Lichte des Ewigen und Einen so gar so unbedeutend erscheint, damit dann endlich die Zuschauer hier wie im Leben selbst sich sagen können:

> Wenn die Schatten euch beleidigt,
> O so glaubt – und wohlverteidigt
> Sind sie dann –, wir alle schier
> Haben nur geschlummert hier
> Und geschaut in Nachtgesichten
> Unsers eignen Hirnes Dichten.

Über eine Stelle aus ›Antonius und Kleopatra‹

Der große Kenner menschlicher Eigentümlichkeit und menschlicher Verhältnisse, Shakespeare, hat in ›Antonius und Kleopatra‹ eine merkwürdige Stelle, welche die magische Wirkung des einen Geistes über den andern im Leben treffend schildert ... Der Augur sagt zum Antonius in Beziehung auf seine Stellung gegen Cäsar:

> Dein Geist, der dich beschützt, dein Dämon, ist
> Hochherzig, edel, mutig, unerreichbar,
> Dem Cäsar fern; doch nah ihm, wird dein Engel
> Zur Furcht, wie eingeschüchtert. Darum bleibe
> Raum zwischen dir und ihm.
> ... Versuche du mit ihm, welch Spiel du willst.
> Gewiss verlierst du: sein natürlich Glück
> Schlägt dich, wie schlecht er steht: dein Glanz
> wird trübe,
> Strahlt er daneben. Noch einmal, dein Geist,
> Kommt er ihm nah, verliert den Mut zu herrschen,
> Doch ihm entfernt, erhebt er sich.

Und dann Antonius für sich:

Er sagte wahr.
Der Würfel selbst gehorcht ihm,
In unsern Spielen weicht vor seinem Glück
Mein bessrer Plan:
Ziehn wir *ein* Los, gewinnt er.

In diesen Worten ist viel von dem ausgesprochen, was
als einer der wesentlichsten Hebel der Weltbegebenhei-
ten im Großen und Kleinen gedacht werden muss. Man
folge bedeutenden Charakteren in der Geschichte, und
man wird finden, ihnen allen, und dem einen mehr, dem
anderen weniger, wohnt ein gewisses Prestige, ein ei-
gentümliches, nicht weiter zu bestimmendes Etwas bei,
das wir bald als günstiges oder auch, nach anderer Seite,
als verderbliches Gestirn charakterisieren und was am
Ende immer am bestimmtesten mit dem Worte des magischen Prinzips ausgesprochen werden wird. Der Zauber, mit dem Napoleon seine Soldaten faszinierte, die
Macht, welche Friedrich den Großen in den schwersten
Verhältnissen rettete und ihm den Mut gab, dem öster-
reichischen Grenadier, der auf ihn angelegt hatte, den
Befehl zuzurufen: »Du, schieß nicht!«, die Sicherheit, die
den Cäsar den verzagten Führer seines Schiffs mit den
Worten beruhigen ließ: »Du trägst den Cäsar und sein
Glück!« – ja der Begriff des Glücks überhaupt – als einer
›Fortuna‹, einer Glücksgöttin, welche dem Starken sich
zuwendet und ihn rettet und erhebt, endlich wohl aber
auch übermütig mache, dies alles ist ein Beweis davon,
dass man seit den ältesten Zeiten diese magische Wir-

kung des Genius auf wirkliches Leben empfunden und anerkannt hat.

Geht man nun diesem sonderbaren Phänomen im Einzelnen schärfer nach, so kommt man noch auf manche wichtige Verhältnisse. Eins der Merkwürdigsten ist Folgendes: Wenn ein bedeutender Geist, mit dieser geheimen Macht über Leben und Menschheit ausgerüstet, eine Zeit lang dadurch auf das Entschiedenste in seinem Entwicklungsgange gefördert worden ist, so wird man, ihn beobachtend, immer erkennen, dass er gerade dann die sichersten Erfolge zu erfahren pflegte und dann in seinen Unternehmungen am glücklichsten war, wenn er, ohne weiter an diese seine Begabung zu denken, nur eben rastlos vorschritt, nur seine Tatkraft anspannte, scharf die Gegenstände ins Auge fassend, ihnen, ohne dabei an sich selbst weiter zu denken, das Möglichste abgewann, kurz, die größte Objektivität zu seiner Richtschnur nahm. In solchen Fällen haben wir alsdann unfehlbar oft das Gefühl, als sähen wir den Nachtwandler über Dächer und Giebel steigen, dem ebenso dies Nicht-Wissen von Gefahr und Nicht-Denken über sich selbst einen Gang sichert, von welchem er unfehlbar herabstürzen würde, sobald ihm die Augen für die Abgründe unter ihm geöffnet wärm. Wie eigen ist es daher, dass schon im Altertum der Menschheit der Gedanke aufging: Man müsse, ebenso etwa, wie dem Nachtwandler nicht sein Name zugerufen werden dürfe, den vom Glück Begünstigten überall hüten, dass er sich nicht dieser seiner Macht zu entschieden bewusst werde. Wer sich seines Glücks rühme und sich dadurch gerade gesichert erkläre, den treffe leicht Unglück, und es sei daher nicht gut, zu sagen: ›Ich bin glücklich‹, oder es sich zurufen zu lassen, denn gerade dadurch werde das Glück verscheucht. – Offenbar hat alles dies keine andere Bedeutung, als den Zauber des Unbewussten möglichst ungestört zu erhalten und dadurch dem Wirken des Menschen jene Unbefangenheit zu sichern, welche das Siegel aller der Handlungen sein muss, welche mit dem vollkommensten Erfolge gekrönt werden sollen. Und in Wahrheit, wie viel Beispiele zählt uns die Geschichte auf, in denen wir klärlich beobachten können, dass Menschen, denen eben jener Glücksstern von Haus aus leuchtete, Menschen, die eben dadurch und indem sie nur, wie von einer unaufhaltsamen Nötigung getrieben, ihre Bahn liefen und denen dadurch die unglaublichsten Dinge gelangen, dann, wenn sie in diesen Erfolgen zu einem gewissen Selbstbewusstsein gekommen waren, wenn sie anfingen zu glauben, es müsse ihnen von jetzt an alles Weitere unbedingt zufallen und das Glück sei jetzt wirklich ihr dienstbarer Sklave geworden, nun alsbald aufhörten, irgend bedeutende Erfolge zu haben, ja oftmals sogar von ihren erstiegenen Höhen rettungslos herabstürzten, sodass es uns dann dünken muss, als verwürfe eine höhere Hand sofort das Werkzeug, durch welches eine bedeutende Änderung in den Verhältnissen der Menschheit herbeigeführt worden war, sobald dieses Werkzeug nicht als solches mehr unbedingt sich hingibt, vielmehr sich selbst als ein Eigenmächtiges geltend zu machen die Absicht zeigt.

Und ist es doch wirklich so. Man kann die großen Bewegungen der Menschheit, wie sie uns die Geschichte aufgezeichnet hat, nie verfolgen, ohne den Charakter des Organischen, des nach einer gewissen höhern Ordnung Abgemessenen und Vorgezeichneten deutlich zu erkennen und dabei überall durchzufühlen, dass, obwohl all diese Bewegungen nur ins Leben getreten sind mittels besonderer auf dem Hintergrunde des Gewöhnlichen und Alltäglichen sich hervorhebender Persönlichkeiten, sie doch an und für sich (eben weil einer höhern Ordnung angehörig) unabhängig bleiben mussten von der Willkür dieser einzelnen Geister. Sobald also diese Willkür irgend so groß werden könnte, dass sie dieser höhern Vorzeichnung nicht mehr unbedingt unterworfen bliebe, musste daher dem Geiste, der den Träger derselben abgab, notwendig seine Stellung entzogen werden, und so verständigt uns eine solche Betrachtung wohl über manche sonst unerklärliche Begebenheit des Lebens.

Macbeth

›Das Licht wird trübe‹, das ist das Wort, in dem der Grundton dieses ›namenlosen Werkes‹ am eigensten ausgesprochen ist. Wie man doch jedes Mal, wenn solch ungeheures Werk auf einen neu einwirkt, es wieder irgend von einer besondern, einer neuen Seite gewahr wird und auffasst! Mir erschien heute mehr wie sonst der eigentümliche Farbenton des Ganzen – dieses falbe Licht eines regnerischen Abends, wie es sich über alle Gruppen und Gestalten, ja Bilder und Worte verbreitet. Ich konnte mir geistig fast den Farbenton malen, in welchem, wie durch ein farbiges, etwa rauchgelbes Glas gesehen, diese ungeheure Vision erscheint. Ja, ja! Totalität zu empfinden, zu begreifen, da liegts. Das können, das wollen die Leute nicht – mäkeln und feilschen am Menschen wie an Werken. Wie schief sah nicht Schiller diesen ›Macbeth‹ an; wie wenig konnte er den Standpunkt finden, von dem gesehen allein erst alle Linien dieser titanenhaft perspektivischen Szenerie in ihrer eigensten Wahrhaftigkeit erscheinen. Doch sei auch er in seiner Totalität geehrt – nur reichte sie nicht an die *Universalität* Shakespeares.

›Romeo und Julia‹

Wieder einmal ist diese große Tragödie an mir vorübergegangen. Ich musste tief und lange darüber nachdenken, warum dies Werk so unsterblich sei. Und ich antwortete mir endlich: weil es das Geschick der Liebe – aller Liebe – mehr oder weniger darstellt. Die Liebe, dieser Blitz des Himmels – dieser Feuerfunke, aus einer andern Welt auf diesen dürftigen Planeten heruntergefallen – sie kann sich nie mit dieser Welt amalgamieren. Entweder sie muss mit Not, mit Schmerz, mit ewiger Entbehrung kämpfen, oder sie verflacht sich in der Alltäglichkeit eines elenden, langweiligen gesellschaftlichen Zustandes. Dieses innere Erglühen der Seele in heißer, herrlichster Liebe – es ist in der Welt ein Fremdling; – wem es der Gott zu fühlen gegeben, in dem ruht es als ein tiefstes Geheimnis, und dadurch, dass er dieses Geheimnis in seinem Busen verwahrt, ist er einer der Auserwählten geworden; er trägt ein tiefes, mystisches Symbol an sich, was ihm nicht etwa ein heiteres, bequemes Leben, vielmehr tiefen Schmerz, grimmige Entbehrungen, schwere Kämpfe verheißt. Und doch – trotz alledem ist er ein Auserwählter! In ihm glüht eine Himmelsflamme, die ihn über tausendfältiges sonst Gepriesene und für ihn jetzt nur Nichtige und Gemeine erhebt – er ist wie einer, der sich in schwerer Zeit (zur Befreiung eines Landes etwa) im Leben dem Tode geweiht hat und der doch eine Seligkeit in sich trägt, die allen, die im gewöhnlichen Leben sich behaben, so ganz unbekannt ist und bleibt. – Dies Geheimnis der Liebe nun, diese göttliche Weise – die nicht Ruhe und der Welt Herrlichkeit, die Schmerz und Entsagung verheißt und ihre Seligkeitsfülle nur in einzelnen Blitzen ins Leben hineinleuchten lässt – dieses dem gemeinen Auge so ganz verschlossene Wunder hat Shakespeare im ›Romeo‹ erschaut, in dem Gleichnis dieser Geschichte hingestellt, – und weil zwar wenige das Wunder klar erkennen, aber doch jedes Herz eine Ahnung davon in sich trägt, wirkt gerade dieses Werk so mächtig und wird wirken, solange es Menschen gibt. Mir selbst ist in diesen Gedanken eine höhere Beruhigung aufgegangen – ich habe die Notwendigkeit von Qual und Schmerz für jeden deutlich erkannt, in dem die Seligkeit der Liebe glüht. – Der wahre Liebende ist wie der Fahnenträger in der Schlacht – er ist gewürdigt, die geheiligte Oriflamme zu tragen, und er mag sich wundern, dass nun auch alle Geschosse nach ihm zielen ...

Nach dem Lesen vom ›Lear‹

Durch Sturm, Regen und Finsternis komme ich zurück von Tieck, wo der ›Lear‹ vorgelesen wurde.

Ein solches Lesen, wo das Stück recht mit einem Male wie ein aufgerolltes Palmenblatt sich ausbreitet, hat seine besondern Vorzüge, und zumal heute fand ich alles so zusammenstimmend: wenig Menschen, nicht zu helle Erleuchtung; draußen, wie im ›Lear‹ selbst, arges Regenwetter, zwiefach niedergießend, aus Dachrinnen und Traufen, deren Wasser vom Winde trübselig gegen das Fenster geworfen wurde, nur zuweilen vom dumpfen Rollen der Wagen übertönt.

So etwas hallt dann eine Zeit lang nach und nötigt, eben weil es die ganze Seele ergreift, nicht bloß zu einer gewissen Stimmung, sondern zugleich zu gewissen Betrachtungen. Man will auch das innere Wölbungsprinzip eines solchen ungeheuern Gebäudes erfahren, und das Bestreben, die eigentliche Entwicklungsgeschichte eines Werkes dieser Art zu ergründen, kann zu den weitesten Gedankenzügen veranlassen.

Bedenke ich aber das Samenkorn, aus welchem der gewaltige Geist Shakespeares den in alle Zeiten hineinragenden Baum der Szenen dieses ›Lear‹ gezogen hat, so muss ich es mit dem Namen Übereilung belegen. Übereilung, dieser Feldruf jeder überschäumenden Leidenschaft, dieses Irrlicht des Willens, dieser Totschlag der Vernunft, sie ist es, deren Giftzahn sich gleich anfangs ins Fleisch des Stückes verbeißt und ihr Gift rettungslos weiter durch alle Adern sich ergießen lässt, bis es dann in Wahnsinn und Tod, und nichts als Tod, sich enden muss.

Nirgends Klarheit, Überblick, Besonnenheit in diesen Menschen, im Guten wie im Bösen! Kent mit aller Bravheit nicht minder sich überstürzend als Gloster mit seinem übereilten Misstrauen und Zorn, und Lear selbst mit einer Reihe von Übereilungen, welche zurückschließen lässt auf tausend ähnliche frühere und dadurch zugleich die Verzerrung des Charakters seiner altern Kinder verständlich macht; denn was wirkt schmählicher auf Bildung des erwachenden Menschen als Vorbilder, die von steter, leidenschaftlicher Hitze aus einer Übereilung zur andern getrieben werden! Und nun in allen diesen Übereilungen wieder ebenso viele Blößen gegeben, wo lauernder böser Wille anderer sich einhacken und den kranken Körper noch unbarmherziger zerreißen muss!

O fluchwerter Wahnsinn toller Leidenschaftlichkeit, wie hell hat deine Verderblichkeit der Dichter erschaut, dass er gerade hier das ungeheuerste Werk aufgeführt hat, was irgend gedichtet worden! Es war mir wie wohltätig beruhigendes Öl, ausgegossen auf diese sich bäumenden Wogen, als mir die edeln Worte Jean Pauls einfielen: ›Man hat so im öffentlichen wie im Privatleben nur dafür zu sorgen, dass man bei allen leidenschaftlichen Umgebungen ruhig bleibe und auf sich selbst ruhe als auf einem Berge zum Umschauen.‹

Und ist es denn etwa nicht so? Seht euch um im Leben, in der Geschichte! Was führt denn eigentlich die Hölle herauf auf die Erde? Ist nicht das Vernichten der Besonnenheit, die Umstürzung der Vernunft durch den unvorhergesehenen Vulkanausbruch der Leidenschaft, welche den Menschen übereilt, der erste Springquell des Verderbens? Gebt doch dem Menschen Zeit, stellt ein Jahrzehnt zwischen ihn und ein durch Leidenschaft gefordertes Unternehmen, macht, dass er die ganze Urteilskraft brauchen könne, die ihm verliehen war, und er wird das Törichte seines Vorhabens allmählich erkennen, er wird es unterlassen. Die Sünde ist meistens ein nicht eben starker Streiter, der den Menschen nur übermannt, weil er ihn überrascht, ihm nicht Zeit lässt, seine Waffen zu gebrauchen, und am wenigsten dann, wenn er sie beiseitegelegt hat oder einrosten ließ; gebt dem Menschen Zeit, sich in Verteidigungszustand zu setzen, und der Feind ist schon halb geschlagen! Und doch muss es so sein; denn, wie anderwärts bei Shakespeare geschrieben steht: auch ›Unternehmungen voll Mark und Nachdruck, von des Gedankens Blässe angekränkelt, verlieren so der Handlung Namen‹. Daher dringt die Natur auf rasche Entscheidung; der Mensch soll sich zusammennehmen lernen, und nur durch Besonnenheit, Gesammeltsein in jedem Punkt wird das Kunstwerk eines reinen, vernunftmäßigen Lebens erbaut werden.

Doch davon wäre viel zu sagen. Mir war es nur heute Abend merkwürdig, wie durch das verschlungene Szenenwerk dieses Stücks mir diese Gedanken immer, wie Morgenlicht durch dunkles Rankengewebe, vorschwebten und wie sich nun gegen das Ende in einem großen, nur beiläufig ausgesprochenen Worte: ›Reif sein ist alles!‹ das Rätsel dieser Bewegungen aufklärte. Es war mir eigentlich heute zum ersten Male die Bedeutung dieser Stelle recht hell aufgegangen, und doch gab es mir gleich wieder neuen Stoff zu Betrachtungen, wie der Genius des Dichters dergleichen große Worte nur so eben mit ausgeschüttet: sie tönen, ihm selbst oft im höhern poetischen Wahnsinn entfallen, unter dem Chor verschiedenartiger Stimmen mit und stiegen wie Sibyllinische Blätter dahin, von vielen unbeachtet, von einigen gehört, von wenigen verstanden und von niemand in ihrer ganzen Ausdehnung ergründet.

Diesen Aufsatz teilte ich einmal Tieck selbst mit; er hatte solchen Gefallen daran, dass er ihn in seinen ›Dramaturgischen Blättern‹ bei der ehemaligen Dresdner Morgenzeitung mit abdrucken ließ. Er fügte folgendes Nachwort hinzu:

Ist in dieser Hinsicht nicht der ›Hamlet‹ der Gegensatz des ›Lear‹? Und ist dieses Schwanken, diese krampfhafte, überreizte Unentschlossenheit, die die Tat nicht finden kann, weil sie zu geistreich, zu poetisch und grübelnd tiefsinnig über alles Tun hinwegsieht und in zu großer Anstrengung der Kräfte [sie] zum Vollbringen lahm macht, eben besser, edler und vernünftiger als jene Übereilung in den verschiedenen Personen des ›Lear‹, die das ungeheure Elend hervorbringt? Diese beiden unsterblichen Werke ergänzen sich gewissermaßen; – und wie Hamlet sagt: ›Rasch – und Dank der Raschheit‹– usw. (Akt V), das lehre uns, dass eine höhere Weisheit unsre Absichten ausbildet, vollendet, wie wir unsere Pläne auch roh skizzieren mögen – so ist damit (ohne dass Hamlet es so versteht oder verstehen kann) der tiefste Sinn des ›Hamlet‹, ›Lear‹, ›Macbeth‹ und auch der alten griechischen Tragödie ausgesprochen. – Wie lehrreich ist es, einem verständigen Geiste wie im obigen Aufsatze zuzuhören, dem es leicht wird, gerade an eine Betrachtung, an ein Wort das Höchste zu knüpfen, die nur allzu oft von der Menge alltäglich und trivial gescholten werden. Nicht das Ergrübelte, Ferne, Seltsame ist es, was Shakespeare charakterisiert, nicht dies erklärt ihn, sondern das Nächste und Einfachste, über das der Unbedachtsame auch oft stolpert, ohne es zu bemerken. Und ist es mit dem Sophokles anders?

L.T.

›Hamlet‹

Das Entwicklungsgesetz dieser Tragödie. Geschrieben im Jahr 1827

Eine so merkwürdige Erscheinung wie der ›Hamlet‹ sollte man nie an sich vorübergehen lassen, ohne auszusagen und aufzuzeichnen, wie sie auf uns gewirkt hat; denn bleibt auch die Erscheinung an sich stets dieselbe, so bleiben wir nicht dieselben, und die Art, wie wir gerade ein Werk solcher Natur angeschaut haben, wird uns immer gewissermaßen ein Zeichen und Dokument unsres damaligen Entwicklungs- und Bildungszustandes sein können. Für diesmal hat mich besonders der große organische Gang des Ganzen erfasst und beschäftigt. Gewiss, es liegt eine höchst klare Naturnotwendigkeit in dem Fortschreiten dieser Ereignisse. Wie an der aufschießenden Pflanze das erste, unscheinbare Samenkorn die dunkle Erde birgt, sodass wir nur durch das Hervortreten der Keimblätter von ihm erfahren, so liegt die Handlung, welche den Keim des Stücks enthält, der Mord von Hamlets Vater, außerhalb der Grenzen des Stücks, und wie das Samenkorn auch längere Zeit in der Erde ruhen muss, ehe der Keim hervordringt, so ist seit jenem Morde schon ein Monat vergangen, bevor die Handlung des Stücks beginnt. Da öffnet nun wirklich die Gruft ihre Marmorkiefern, der Geist des Ermordeten dringt als der Keim der dramatischen Pflanze herauf, immer reicher entfalten sich Szenen und Charaktere bis zur Darstellung des Schauspiels im Schauspiel, welche

Epoche man ganz eigentlich die Blütenzeit des Stücks nennen darf. Wirklich, wie in der Blüte die Idee der gesamten Pflanze sich wiederholt und wie, wenn die Blüte sich entwickelt hat, das Absterben der Pflanze oder mindestens der zur Blüte gehörigen Pflanzenteile notwendig und unmittelbar erfolgen muss, so auch hier. Das von Hamlet veranstaltete Schauspiel führt noch einmal den grimmigen Mord, welchen wir das Samenkorn des Stücks genannt haben, herauf; ganz so wiederholt und erzeugt in der Blüte sich wieder das Samenkorn, aus welchem die ganze Pflanze hervorging. Der Geist des Ermordeten schreitet, wie am Beginn des Stücks nach dem wirklichen Mord, so hier nach dem künstlich widergespiegelten, über die Bühne, und nun erst ist alles klar und erkannt, damit aber auch gerichtet und unrettbar einer frühern oder spätern Vergeltung und Vollstreckung anheimgegeben. Die aufsprühende Kraft des höchsten Blütenlebens verkörpert sich hier im Hamlet; feurig, scharf und entschieden tritt er selbst als Richter seiner Mutter hervor, und nirgends erscheint er wie auf dieser Stelle in solcher Macht und Entschlossenheit. Nicht wie gewöhnlich, ›von des Gedankens Blässe angekränkelt‹, verliert er sich in Worten, sondern er redet, wie er selbst sagt, Dolche, und sein Benehmen ist ›voll Mark und Nachdruck‹. Sogleich aber und ganz so, wie die Blume schon bei ihrem vollen ersten Erschließen auch gewisse Hüllen (so etwa der Mohn die Kelchschuppen) abstößt, fällt auch in dieser Szene das erste abgelebte Blatt der dramatischen Blüte – der Polonius. Ihm folgt bald nach das zarteste Blumenblatt – Ophelia – so fallen wirklich bei fast allen Blüten die Blumenblätter *vor* den Staubfäden –, bis denn endlich auch die wichtigsten innern Teile der dramatischen Blüte, die ersten handelnden Personen, der König, die Königin, Hamlet und Laertes, ihre Häupter senken und sterben.

Fragt man nun endlich, inwiefern ein solcher Vergleich nützen könne, und frage ich mich selbst, warum er mir beim Überhören des Stücks so ganz ungesucht gekommen sei, so muss ich nur aussprechen, dass es deshalb sei, weil er mir aufs Neue bewährt, dass das organische Bildungsprinzip, welches in der Schöpfung organischer Naturen durch den Weltgeist herrscht, ewig kein anderes sein könne als das, was auch in den Schöpfungen echter poetischer Werke durch den menschlichen Genius sich bewährt, und immer werden wir uns daher gefördert finden, wenn wir auch in dem Kunstwerke wie im Naturwerke das Gesetz seiner Bildung uns möglichst deutlich vergegenwärtigen können. Hat doch das Bestreben, ein solches Entwicklungsgesetz genauer zu erkennen und immer lebendiger in mich aufzunehmen, seit Langem ein wesentliches Ziel meiner Bestrebungen ausgemacht, und muss ich es doch eben darum mit Freude erfassen, wenn auch im Kunstwerk ein solches Gesetz mir mehr und mehr vernehmbar geworden ist.

Es wird vielleicht dem Leser nicht uninteressant sein, wenn er mit der hier gegebenen Betrachtung des ›Hamlet‹ die Worte vergleichen will, welche Tieck einst über dasselbe Stück bei Gelegenheit meines Aufsatzes über den ›Lear‹ mitgeteilt hat [siehe Seite 16]. Tieck hält sich dort besonders an den retardierenden Charakter des ganzen Stücks, so wie ich beim ›Lear‹ gezeigt hatte, dass da alles auf Übereilung beruhe. Gewiss, die Stücke

Shakespeares eignen sich ganz besonders dazu, sie von diesem organischen Standpunkt aus zu betrachten. Und so habe ich denn schon früher auch nicht umhin gekonnt, bei dem ›Macbeth‹ zuweilen an den eigentlichen Gang einer Krankheitsentwicklung zu denken. Ist es nicht, als ob man dort die Einimpfung eines Pestgiftes vor sich hätte? Der zweideutige Ruf der Schicksalsweiber fällt in die brütende Seele des Kriegers wie ein eitermachendes Gift in den von Säften strotzenden Organismus; gleich darauf entsteht die Gärung im Gemüt wie die Entzündung auf die Einimpfung, die Gärung erzeugt die Unglückstat, wie die Entzündung die Eiterbeule hervorruft, und von da an gießt sich nun das Fieber durch alle kurz zuvor noch so gesunden Säfte, immer weiter raset die Krankheit, bis in Wahnsinn und Tod alles endigt. Ein trauriges Bild eines unzulänglichen, einer schweren Versuchung leicht erliegenden Geistes.

Goethe

Nach Tiecks Vorlesung von Goethes ›Tasso‹

Hat man einmal wieder ein so gewaltiges Werk im Ganzen und im Einzelnen überblickt und ist so recht aufs Neue von dem Außerordentlichen einer Größe dieser Art durchdrungen, so versuche man doch um des Himmels willen nicht, etwas wie eine Lobpreisung aussprechen zu wollen. Ich hörte solches Lallen wohl, und es klang immer unmittelbar nach dergleichen einigermaßen absurd. Eher mag man wohl mit Freunden über Bedeutung der einzelnen Charaktere und namentlich über die Art und Weise, wie ein solches Werk entsteht, seine Gedanken austauschen. Einem, der da meinte, ob nicht dieser ›Tasso‹ auf ein ganz besonderes Erlebnis Goethes sich gründen möge, sagte ich ungefähr: ›Ein Geist wie Goethe erfährt im Leben ja ganz notwendig alle diese Regungen, die im ›Tasso‹ zur Sprache kommen, und viele andere mit. Dergleichen sammelt sich im Dichter auf und wird in einem feinen Herzen gehegt und gepflegt. Wird er nun zu guter Stunde und, wie man gemeinhin sagt, zufällig eine Begebenheit oder einen Charakter gewahr, der dem Aufgesammelten und der innern Stimmung homogen ist, so drängen alle vorhandenen Gedanken der gleichnamigen Reihe mit Macht sich auf und um jene Auffassung herum, und das höhere organische Kunstwerk entsteht. So sieht der Chemiker eine Flüssigkeit, wenn sie als gesättigte Auflösung eines Salzes schon ganz zum Kristallisieren gestimmt ist, nur das Hineinwerfen eines gleichnamigen Kristalls erwarten, und alsbald schießen die Atome des Salzes um diesen Bildungspunkt an, und schnell wird die glänzende Kristalldruse vollendet.‹

Ist denn eigentlich wohl jemals ein herzzerschneidenderes Schauspiel geschrieben worden und dabei ein herrlicheres als dieser ›Tasso‹! Muss es nicht vorkommen, wenn wir es so im ganzen auffassen, als stürbe in allen andern Tragödien nur der Leib, wenn dagegen hier die zartesten, empfindlichsten Gewebe der Seele eins nach dem andern in seinen Fäden getrennt und scharf zerschnitten werden! Und welche Seelen sind es, die hier, ihren zartesten geistigen Ichor ausblutend, zugrunde gehen! Sind es nicht selbst die zartesten, hochgebildetsten, reichbegabtesten! Und nun bei all dieser erschütternden Qual, bei diesem quetschenden Unglück, welches eben (und das ist das Grausame!) für die gemeine Natur gar kein Unglück sein würde, welche Fülle von Schönheit, welcher Zauber südlicher Welt und reichen innern Lebens! Gewiss, wer den ›Tasso‹ einmal innig erkannt und durchdrungen hat, wird ihn für das in sich vollendetste Werk Goethes zu halten kein Bedenken tragen ...

Ja, und da tritt nun wohl der Philister hervor (ich hatte zufällig bei der Lektüre nicht weit danach zu suchen) und redet von Goethe und ärgert sich, dass es dem bequemen Menschen doch so gar wohl geworden, während ein verdienter Mann im schweren Staatsdienst sich plagen müsse; – und weiß nicht – und fühlt nicht – dass nur, wenn ein Genius solcher Art, gehegt, gepflegt vom gütigsten Geschick, ein Werk wie den ›Tasso‹ im freisten, heitersten Leben, unter Italiens glücklichstem Himmel, er selbst ein liebes Schoßkind der Götter, lange mit sich herumtragen durfte, stets bereit und frei, der Muse zu gehorchen, wenn ihre goldne Wolke sich zur Erde niederließ, dass nur dann, sage ich, und nur so begünstigt dieses Werk das Siegel wahrer Unvergänglichkeit erhalten konnte.

Er fühlt nicht, dass die, so das Werk schauen und in diesem Schauen selig sind, nur ebendiesem Glücke des Dichters ihre eigne Seligkeit danken, ganz, wie Schiller sagt: ›Weil er der Glückliche ist, darfst du der Selige sein.‹ Aber ein solcher Mann ahnet auch nicht einmal, dass der Dichter wirklich gar nicht der Glückliche ist, für den er ihn hält, dass dieser vielmehr die tausend innern

Schmerzen und Leiden alle selbst erfahren haben muss, um *so* sie schildern zu können, dass es in dieser Beziehung ja ebenso wie in Beziehung auf seligstes Empfinden von ihm heißen muss: ›Eh der Dichter singt und eh er aufhört, muss er leben!‹ und dass es ihm bei alledem gar wohl gehen kann wie der hohen blauen Luft, von welcher Goethe einmal sagt:

> Durchsichtig scheint die Luft und rein
> Und trägt im Busen Stahl und Stein.

Das heißt, dass man seinen feinen, weichen Zügen oft nicht ansehen wird, welche Stürme darunter in der Brust gewütet haben. Wir also beneiden ihn nicht, aber wir lieben – wir verehren den Dichter.

Briefe über Goethes ›Faust‹

(In gekürzter Gestalt)

I

Zweiter Weihnachtsfeiertag 1834, Abend

Es ist heute Abend eine wunderbare Stille um mich her. Ich finde mich fast einsam in meinem geräumigen, bequemen Hause; eine ruhige, dunkle Nacht liegt über dem Garten vor meinem Fenster ausgebreitet, und kaum ein schwacher Schimmer des hochstehenden Jupiter dringt durch das Nebelgewölk, welches den Himmel umzieht. Im Zimmer rührt sich nichts als der leise Schlag der Uhr und einzelnes Knistern des eine anmutig gleiche Erwärmung verbreitenden Feuers; und wie denn nun in solchen Momenten uns gern mannigfaltige Ge-

dankenzüge über Erlebtes und Durchdachtes vorüber-
zugehen pflegen, so ging es auch mir: In immer tieferes,
stilleres Sinnen über das Geheimnis meines eigenen Lebens schien ich mich zu verlieren, und nur damit ein
solcher Zug nicht ins Unbegrenzte sich ausdehnte, fühlte
ich mich endlich getrieben, ihm ein bestimmtes Ziel, einen festern Halt anzuweisen. Da kam es mir denn zu guter Stunde ins Gedächtnis, wie ich Ihnen versprochen
hatte, mitzuteilen und, gleichsam der Freund dem
Freunde, Rechenschaft zu geben von den Gedanken, die
in mir rege geworden sind, seit ich den ›Faust‹ von Goethe vollendet gelesen, wiedergelesen, ja in mich einge-
lebt hatte. Goethe hat uns ja in seine geistigen Mysterien
manchen Blick tun lassen, zumal dann, wenn er seine
Werke geradezu Konfessionen nennt und, weit entfernt,
damit zu meinen, dass er in ihnen seine ganze Individualität niedergelegt habe, vielmehr andeutet, wie er gewöhnlich durch dieselben irgendeiner seinem eigensten
Wesen fremdartigen Richtung Luft gemacht, ein dieses
selbst störendes Bestreben dadurch ausgesprochen, aus
sich heraus gegeben und abgeschüttelt habe. So setzt er
dies namentlich beim ›Werther‹ trefflich auseinander.
Und war nicht allerdings etwas Wertherhaftes in dem
noch jungen Goethe? Freilich war es das; aber dieses
Wertherhafte war so wenig der echte, eigentliche Goethe, dass vielmehr dieser erst recht gesundete, als der
›Werther‹ geschrieben war.

Dergleichen Dinge sind gewiss höchst merkwürdig,
und Ihnen kann ich es wohl bekennen, dass mir gar
manche ähnliche Erfahrung in meinem Leben zu Hän-
den gekommen ist. Glauben Sie, es hat in mir Zeiten ge-

geben, wo mich in meinem innern rechten Sein nur dies erhielt, dass ich mir durch ein malerisches Kunstwerk Luft machte. Manche trübe Wolke über meinem Seelenleben löste sich auf, wenn ich ihr im Bilde ein freies Hervortreten hatte geben können, und wer sich die schwermütige Stimmung meiner Bilder nicht mit der frischen Tätigkeit meines Lebens zu reimen verstand, der zeigte mir alsbald an, wie wenig er von meinem innern Leben entziffert hatte. Gerade in diesem Verhältnis des inneren Menschen zu seiner Produktivität nach außen liegt ja ganz besonders das Geheimnis der Entwicklung der Seele während ihres Sich-Darlebens auf Erden; wie sie so ein Werk nach dem andern, eine Tat nach der andern äußert und von sich tut und wie sie, indem erst das gröbere Fremdartige, dann aber auch das feinere Ungemäße ausgestoßen und abgesondert wird, so zu immer reinerer, höherer Entwicklung hinaufstrebt, möchte ich sie vollkommen der sich metamorphosierenden Pflanze vergleichen, welche, je weiter und weiter sie in ihrem Leben zur Vollendung hinaufsteigt, immer mehr sich läutert, erst die gröberen Kotyledonen und Wurzelblätter, dann die zartern Stängel und Kelchblätter hervorbildet, bis endlich innerhalb der Blüte durch befruchtende Verstäubung des Geschlechtlichen das höchste Ziel der Pflanze, das Samenkorn, in seiner Darbildung zustande kommt.

Dergleichen Ansichten, Gleichnisse, Vorstellungen darf man nun überhaupt, wie mir scheint, nirgends weniger unbeachtet lassen, als wenn man über den ›Faust‹ nachdenkt, über den ›Faust‹, der auf das lebendigste Gefühl vielfältiger Entwicklungsvorgänge und Metamorphosen des innern Menschen durch und durch gegründet ist. Denn wollen wir auch freudig anerkennen, dass es einzelne lichtvollste menschliche Naturen gegeben hat und gibt, welche in reiner Stetigkeit zum Göttlichen, gleichsam geradlinig, sich entwickeln, so ist es doch für die meisten andern und für die an einen vom Streit der Elemente bewegten Planeten gebundene Menschheit überhaupt bei Weitem die eigentümlichste Aufgabe, sich durch die Spirallinie, das heißt mit stetigen Seitenabweichungen, vorwärts zu bewegen; und wenn die alten Mystiker deshalb der Sünde des Menschen die Bedeutung gaben, durch sie für ein höheres Ziel geläutert zu werden, und wenn sogar der Erhabene, welcher das Prinzip höchster Liebe in die Menschheit einführte, den wiedergekehrten Verlornen höher stellte als den nie Verirrten, so deutet alles dieses wieder auf jenes Gleichnis der Pflanze, welche erst in rohern und dann in immer feinern Bildungen, gleichsam stets ausstoßend und absondernd, das Ungemäße abwerfend, sich bis zu reinster Darstellung ihres eigentlichen und ursprünglichen Keimes hinauf läutert.

Ich wiederhole es also nochmals: sowenig ich zugeben kann, dass Goethe Werther, dass er Tasso, dass er Wilhelm Meister war, so wenig ist er Faust; aber dass von allem diesen ein Element in ihm lag, dass die Idee einer besondern Menschheit-Entwicklung, wie sie im ›Faust‹ lebt, ihn vor allen andern beschäftigt, dass sie nachhaltig sein Leben bis ins hohe Alter begleitet hat, dass er in diesem Werke und durch dessen Schöpfung mannigfaltigste Gemütszustände und Geistesrichtungen geläutert oder in sich bezwungen hat, wer, dem der innere organische Bau dieses Werkes klar geworden ist, könnte hiervon nicht die lebendigste Anerkennung haben?

II

4. Februar 1835, Abend

Es ist heute wohl wieder solch ein Abend, dass seine Ruhe einladen könnte, weiteren Gedanken über die nächste Aufgabe meiner Briefe an Sie Raum zu geben. Wenig Wochen sind nur verstrichen, seit ich den ersten dieser Faustischen Briefe an Sie geschrieben habe; es ist kaum Zeit gewesen, um mir ein billigendes, von Herzen zu Herzen gehendes Freundeswort von Ihnen darüber zu erwerben, und doch, wenn ich auf den im Innern seitdem wieder zurückgelegten Lebensweg mit der Flut seiner Gedanken, mit seinem Fliehen und Ziehen, seinem Sinnen und Streben, mit seinem Leiden und seinem glänzend, oft unerwartet herantretenden Glück zurückblicke, so scheint mir schon wieder ein gewaltiger Zeitraum verstrichen; ja wenn ich manche so ganz in stiller Tiefe der Seele durchlebte Begebenheiten bedenke, so kommt mir die Stelle aus Goethe in die Gedanken, wo es heißt:

Seltsam ist Prophetenlied,
Doppelt seltsam, was geschieht!

Gewahre ich aber dann in allen diesen schwankenden Erscheinungen den Strahl des Göttlichen, welcher sich wie sanft einfallendes Mondlicht durch alles hindurchzieht, so fühle ich mich so wunderbar beruhigt, so beschwichtigt und erheitert, dass das Gefühl inniger Dankbarkeit mich durch und durch erfüllt und eine

Calma in mir verbreitet, welche mir immer am geeignetsten schien, wenn irgendein Gegenstand so recht in voller Eigentümlichkeit in der Seele sich spiegeln soll. Wende ich mich nun mit solchem Sinne wieder zu jenem gewaltigen Werke unsers großen Meisters, so fühle ich mich gern angeregt, nachdem ich früher über das Verhältnis des Dichters zum Werke mich ausgesprochen, nunmehr die Grundfrage des Kunstwerks selbst mit Ihnen etwas ausführlicher zu betrachten, und ich bin überzeugt, dass, nachdem Sie Ihre Billigung meiner Gedanken über den Entwicklungsgang des Menschen und die Bedeutung des in diesem Gange hervortretenden Sündhaften ausdrücklich erklärt haben, wir uns auch hierüber gar wohl verständigen mögen.

Als Grundfrage des Werkes, wie es nun in seiner Vollendung vor uns liegt, betrachte ich aber: Ist es menschlicher und poetischer Wahrheit gemäß, dass Faust höherer Gottinnigkeit und Seligkeit zuzureifen noch fähig sei, nachdem er dem Bösen sich verbunden und, bis in höheres Alter vom Zuge innerer Leidenschaftlichkeit getrieben, unter manchem Tüchtigen auch das Unrechte, ja das unbedingt Verwerfliche auf sich geladen?

Keine Frage ist so gemacht, um die Grundfarbe des Antwortenden sogleich hervortreten zu lassen, als diese, und ich erinnere mich, die wunderlichsten Diskussionen darüber gehört zu haben. Doch dies auf sich beruhen lassend, will ich Ihnen jetzt treulich berichten, welcher Gedankenzug sich mir über diese Frage ergeben hat und wie ich darüber gleich anfangs, sowie das Werk mir vollendet entgegentrat, mich gestimmt fühlte.

Die Seele wird durch alle Metamorphosen und durch die wunderlichsten Ablenkungen hindurch zur höhern Beseligung gelangen, sobald sie nur Tatkraft, Elastizität und ein lebendiges, rastloses Streben sich erhält, um von nichts ihrer innerlich Unwürdigem sich dergestalt fesseln zu lassen, dass sie im Trägen, dabei verharrend und gleichsam darauf ruhend, ihre höhere Bedeutung vergisst und dem Zuge jenes ihr eingebornen Magnetes entsagt, welcher gegen ihren Urquell, durch alle Lebensstürme und Ablenkungen hindurch, sie fortwährend zu leiten, ja zu treiben bestimmt ist.

Nehmen wir nun eine Feuer-Seele, gleich der des Faust, ihrer innersten Eigentümlichkeit nach von unbedingtem Streben gegen echtes Freisein in Läuterung von allem Ungemäßen gerichtet, denken wir aber in dieser Seele zugleich eine heftige Anziehung gegen das Drängen der Erscheinungswelt und überdies sie in eines jener dissonierenden Verhältnisse des Lebens verwiesen, dessen Druck uns nur gerechtfertigt wird, wenn wir daran gedenken, dass ohne dissonierende Akkorde im Einzelnen keine befriedigende Fortschreitung höherer Harmonie im Ganzen möglich wäre, und es wird uns begreiflich, wie schmerzlich, krankhaft und stürmisch die Entwicklung einer solchen Seele durch tausendfältig bindende, lösende und wieder bindende Vorgänge zu endlicher Freiheit sich hindurchwinden müsse, wie ängstlich suchend die arme, oft durch tausendfältige zu Leiden sich wandelnde Freuden, aufstreben müsse, um zu höherer gottinniger Freiheit zu gelangen. Dante vergleicht in seinem ›Convivio‹ die Seele des durch das Irrsal des Lebens ihrer Bestimmung zustrebenden Menschen dem

Wanderer, welchem das Finden seiner beseligenden Heimat verheißen ist und welcher nun auf solchem Wege bald diesen, bald jenen von weitem gesehenen Ort für die Heimat hält, ihm ängstlich zueilt und, mit schmerzlicher Täuschung belehrt, zu immer weiterer Wanderung sich genötigt sieht. Gewiss, dieses Bild eignet sich nun auch besonders, um den innern Zustand einer faustischen Natur zu bezeichnen, nur lassen Sie mich noch insbesondere hinzufügen, dass ich mich ausdrücklich dagegen erklären muss, wenn man jenes gegen das höchste Göttliche in einer solchen Seele lebende, unaufhaltsame Anstreben fortwährend als ein sich seiner selbst klar Bewusstes denken möchte. Nein! Wie die weit von ihrer Brutstätte im verschlossenen Raume hinweggeführte Brieftaube durch einen unbewussten magnetischen Zug gegen ihre Heimat getrieben wird, sodass Sturm und Wolken sie zwar vielleicht mitunter ablenken können, sie aber doch immer durch ihr innerstes, bewusstloses Wissen jenen ihr gemäßen Weg wiederfindet, so auch eine solche Seele, in welcher der Ewige jenen Zug gnädig entzündete, deren er sich, wie der Apostel sagt, ›erbarmen wollte‹; – auch sie findet, ohne zu wissen, warum, an keinem andern Orte Ruhe; das Ersehnteste, wenn es ihr im Innern nicht gemäß ist, wird ihr zur Qual, und rastlos weiter getrieben, kann oft eine einzige Erscheinungsform, ein einziges ›Leben‹, wie wir zu sagen pflegen, nicht ausreichen, um die Entwicklung zu ihrem endlichen Ziele zu leiten. Das eben ist es ja, wenn der Herr sagt:

Wenn er mir jetzt auch nur verworren dient,
So werd ich ihn bald in die Klarheit führen.

Und so muss ichs denn nun geradezu aussprechen: Goethes ›Faust‹ wäre ein gemeines, nie zu so hoher Bedeutung und vielfacher Betrachtung gekommenes Werk, hätte er nicht gerade die große Idee als Grundgedanken enthalten, die Menschenseele in ihrer innern Göttlichkeit, wie sie mit bewusstlosem Zuge durch Tausende von Scheinwesen und Irrsale hindurch ihrer höchsten, göttlichen Befriedigung entgegenstrebt oder entgegen gezogen wird, zu lebenvoller, begeistigender Darstellung zu bringen, eine Aufgabe, die freilich so ungeheuer ist, dass ich weit davon entfernt bin, alles, was im und an dem Werke Erscheinung seiner Form genannt werden kann, unbedingt zu billigen und zu bewundern; es ist Außerordentliches geleistet, es ist ein Werk, welches, solang Sinn für Poesie im Menschengeschlecht leben wird, nicht untergehen kann; aber wie die alten gewaltigen Dome unsrer Vorfahren, Bauwerke, mit denen der ›Faust‹ bis auf ihre fantastische Verzierung mit Naturwerken so viel Verwandtes hat, gewöhnlich nie ihre vollkommne Beendigung und räumliche Vollendung erfuhren, so ist auch der ›Faust‹ mehr beendet als vollendet; aber vor allem fordere ich, dass jemand, der den ›Faust‹ überhaupt anerkennen will, seine Grundidee anerkenne, dass er das darin ausgesprochene genetische Prinzip alles echten Seelenlebens achte und dass er deutlich empfinde, wie das Begeistigende, ewig Anregende, ich möchte sagen, Frühlingsmäßige dieses ›Faust‹ auf der lebenvollen Grundanschauung von dem zwar tief zu beugenden, aber an sich schlechthin unverwüstlichen göttlichen Prinzip der Seele durch und durch gegründet sei. – Hatte ich daher früher einmal unsers vielgetreuen

Albrecht Dürer ›Melancholia‹ dem Faust von einer Seite, nämlich hinsichtlich ihrer tief schmerzlichen, von trüben, dämonischen Gedanken umschwebten Sehnsucht, verglichen, so möchte ich nun auch ein andres Blatt desselben Meisters Ihnen ins Gedächtnis rufen, von welchem ich weiß, dass es unter dem Namen des ›Ritters zwischen Tod und Teufel‹ auch Ihnen bekannt genug ist, und möchte auch dieses dem Faust vergleichen, inwiefern hier in dem wohlgerüsteten, von allem Spuk unaufgehaltenen Ritter jene andre Seite dieses Werkes deutlich erkannt werden könnte, von welcher der Herr sagt:

Ein guter Mensch, in seinem dunklen Drange,
Ist sich des rechten Weges wohl bewusst.

Was aber soll man denen sagen, welche, als Schergen der himmlischen Justiz, verlangen, dass Faust wegen begangener Übeltaten sofort nach seinem Abscheiden der oder jener Höllenmarter von Rechts wegen übergeben werde? Am besten wohl – nichts!

III

Den 5. April 1835, abends

Wenn ich in meinem vorigen Briefe die eine der Grundfragen des ganzen Werkes in Betrachtung gezogen habe, so möchte ich zum Thema des heutigen eine andere stellen, und zwar die Frage nach der innern Wahrhaftigkeit der Bedeutung, welche Goethe dem Einflusse höhern weiblichen Wesens auf Entwicklung, auf Reifung, ja auf Verklärung nicht nur des Faust, sondern des Menschen überhaupt zugesprochen hat.

Überlasse ich mich nun einem tiefern Nachsinnen über diese Gegenstände, so kommt mir unwillkürlich zunächst jener edle Geist in die Gedanken, welcher mehr und entschiedener als vielleicht irgendeiner durch ein hohes weibliches Wesen in seinem Entwicklungsgange gefördert worden ist, – Dante. – Wie merkwürdig sind nicht jene Worte über das erste Erkennen der Beatrice im Anfange seiner ›Vita nuova‹: ›...Der Geist meines Lebens, welcher in der geheimsten Kammer des Herzens wohnt, fing an zu zittern und sagte: *Ecce deus fortior me, veniens dominabitur mihi* (Siehe da, ein Gott, mächtiger denn ich, welcher kommt, um über mich zu herrschen).‹ – Und wie deutlich spricht sich nicht im ganzen Ideengange seiner gewaltigen Werke es aus, dass sie entstanden sind aus jenem geheimnisvollen Zuge, welchen Goethe einmal unübertrefflich mit Worten bezeichnet, indem er sagt:

> In unsres Busens Reine wogt ein Streben,
> Sich einem Höhern, Reinern, Unbekannten
> Aus Dankbarkeit freiwillig hinzugeben,
> Enträtselnd sich den ewig Ungenannten;
> Wir heißens: fromm sein!

Aber eben dieses ›Frommsein‹, diese innere Klarheit und Ruhe und dieses heitere Genügen, fragen wir nach, ob sie, wenn wir die Geschlechter in ihrer tiefsten Bedeutung erfassen, nicht ganz eigentlich die Bestimmung des weiblichen sind.

Ich kann nicht umhin, Ihnen einige Worte aus dem Büchlein von Deycks [1] als vollkommen hierher gehörig auszuheben, und zwar die, wo er sagt: Das, was der Mensch beizutragen vermöge zu dem Wunder der Vereinigung der Seele mit Gott, sei eben jenes reine Gefühl der Abhängigkeit, der Demütigung des stolzen Sinnes unter das Höhere, das ist die Zuversicht und Hoffnung, Glaubenskraft und Liebe, deren höchstes Sinnbild Maria genannt wird; – denn wie solle sich für die reine Hingebung an das Göttliche eine geeignetere Bezeichnung finden als eben die des Ewig-Weiblichen? Ist es denn nicht aber auch hier merkwürdig, dass gerade die rauesten Zeiten, die aufgeregtesten Zustände und noch jetzt die Länder, wo ein heißeres Klima den Menschen heftiger erregt, die Bedingungen sind, welche die Verehrung jener Himmelskönigin begünstigen und begünstigt haben? Sehen wir nicht den kühnsten spanischen Guerilla und den verwegensten Räuber der Abruzzen noch die Ehrfurcht gegen die Madonna als einzigen Lichtstrahl in der dunklen Nacht einer von wilden Leidenschaften verfinsterten Seele bewahren? Kurz, auch hier macht sich das Recht des Gegensatzes gültig. Die [männliche,] von Stürmen bewegte Seele, ja schon die von Fülle der Tatkraft gespornte wird mächtig angezogen von der im tiefen Frieden eines gottergebenen Sinnes ruhenden, und nicht minder notwendig ist es, dass in dieser hinwiederum die liebevollste Hinneigung rege werde gegen das durch Wunden und Kampf zu ihr aufstrebende Gemüt eines tatkräftigen Mannes. Ich weiß nicht, ob es Ihnen im

---

[1] Ferdinand Deycks: Goethes Faust. Andeutungen über Sinn und Zusammenhang des ersten und zweiten Teiles der Tragödie. 1834.

Leben jemals möglich geworden ist, eine Frau solcher höheren, reineren, großartigeren Sinnesart etwas näher beobachten zu können, wahrzunehmen, mit welcher ruhigen Entschiedenheit Wesen dieser Art nicht nur auf Männer, sondern selbst auf andere, minder entwickelte weibliche Wesen eben bloß durch ihre ruhige, leidenschaftslose Erscheinung einzuwirken pflegten. Mir ist manchmal bei solchen Beobachtungen der Spruch aus dem ›Epimenides‹ eingefallen:

Die gelinde Macht ist groß.

Wenn ich unternehme, Ihnen, dem Freunde, in Worte zu fassen, was bisher der Seele zum Teil nur noch in dämmernden Gedanken vorgeschwebt hat, so muss ich freilich etwas tiefer eintauchen und zunächst darauf kommen, was wohl eigentlich den innern Unfrieden, die tiefe Zerrissenheit des Faust bedingt, jenen verzweifelten Zustand, wie wir ihn eben in dem lebenskräftigsten Anfange des Gedichtes uns vorgeführt finden, und allerdings wird auch hier wieder unwillkürlich die Darstellung zur Allegorie werden, indem wir bald empfinden müssen, dass dasselbe, was hier einen reich begabten Geist peinigt, auch als die tiefste Quelle unendlicher Zerwürfnis im Menschheitleben erscheine. Soll ich also hierüber auf die kürzeste Weise mich aussprechen, so muss ich geradezu jene herrlichen Worte an die Spitze stellen, die mir schon in mannigfaltigen Lagen ein strahlendes Licht gewesen sind, die Worte: ›Wenn ich mit Menschen- und mit Engelzungen redete und hätte der Liebe nicht, wäre ich ein tönendes Erz oder eine klingende Schelle. Und wenn ich weissagen könnte und wüsste alle Geheimnisse und alle Erkenntnis und hätte allen Glauben, also, dass ich Berge versetzte, und hätte der Liebe nicht, so wäre ich nichts. Und wenn ich alle meine Habe den Armen gäbe und ließe meinen Leib brennen und hätte der Liebe nicht, so wäre es mir nichts nütze. Die Liebe ist langmütig und freundlich, die Liebe eifert nicht, die Liebe treibet nicht Mutwillen, sie blähet sich nicht. Sie stellt sich nicht ungebärdig, sie suchet nicht das Ihre, sie lasset sich nicht erbittern.‹ Und diese Liebe, dieser höchste Quell innern Friedens und innern Glücks, diese – bei unendlich vielem, was er besitzet –, sie fehlt dem Faust, und dass sie ihm fehlet, bedingt sein Elend. Faust, wie man sich ihn, seinem frühem Leben nach, denken muss, ausgerüstet mit feurigem, in mancher Hinsicht produktivem Geist, ist aufgewachsen unter Buchstaben und Pergamenten anstatt unter lebenden, ihn liebenden Menschen; für die Wirkung des Abstrakten, ja Abstrusen der Schule auf den Kopf fehlte ihm das Gegengewicht der Wirkung des Konkreten und Erfrischenden echt menschlichen Lebens auf das Herz; – eine ungeheure Masse von Erkenntnissen, Empfindungen und Gestalten hat sein Geist um ihn gebannt, aber die Erkenntnisse gewähren ihm keine freudige Anwendung, die Empfindungen neigen zur Verzweiflung, und die Gestalten sind ohne lebendigen Pulsschlag und Wärme; er selbst ist noch, wie der Apostel sagt, erbittert; – da bricht er aus:

> Und fragst du noch, warum dein Herz
> Sich bang in deinem Busen klemmt?
> Warum ein unerklärter Schmerz
> Dir alle Lebensregung hemmt?

Statt der lebendigen Natur,
Da Gott die Menschen schuf hinein,
Umgibt in Rauch und Moder nur
Dich Tiergeripp und Totenbein!

Aber eben, dass sich in solchen Schmerzenslauten be-
urkundet, er fühle tief diese Lücke seines Daseins, dass
eine Sehnsucht in ihm lebt nach einem Zustande, den er
noch nicht kennt, das ist die Bürgschaft seiner eignen
höhern Natur. Denn das Gemeine kann sich im Gemeinen gefallen, es kann ihm wohl darin sein, ohne alles
Streben nach einem Höhern; aber die edlere Natur lässt
sich nicht genügen in der Mangelhaftigkeit des Daseins,
sie fühlt die Qual ihres unvollkommenen Zustandes,
und eben darin, dass sie sie fühlt, liegt die Hoffnung,
aus diesem ungemäßen zu einem reinem, gemäßem Zustande hindurchzudringen. Dem Faust jedoch, da, wo
das Drama beginnt, liegt diese Hoffnung noch fern; es ist
ein unbestimmtes Umhertreiben, was ihn bewegt:

Vom Himmel fordert er die schönsten Sterne
Und von der Erde jede höchste Lust,
Und alle Näh und alle Ferne
Befriedigt nicht die tiefbewegte Brust.

Ist nun aber jene innige und hohe Liebe zu Gott und
den Menschen der einzige Hafen, wo die Irrfahrten eines
solchen verzweifelnd Umhergetriebenen endigen können, so fragt sich: Was kann ihm das Steuer lenken und
die Segel richten, diesen Hafen zu erreichen? Hierüber
kamen mir folgende Gedanken, welche, ich kann es
nicht leugnen, besonders wieder durch die Erinnerung
an die für alle Zeiten höchst merkwürdigen Offenbarun-

gen geheimster Vorgänge des menschlichen Gemütes, wie sie in Dantes ›Vita nuova‹ vorliegen, bedingt worden sind. Beachten wir es nämlich recht, so ist jene Liebe der vollkommenste Gegensatz alles Egoismus, und wenn es dem Menschen schwer wird, zu dieser Liebe zu gelangen, so ist die Selbstigkeit das schwerste Hindernis; – er soll aber aus sich, aus dieser Selbstigkeit heraus – er soll gewissermaßen außer sich gesetzt werden, damit er sich selbst im höhern Sinne wiederfinde – er soll los von dem Bande, welches ihn an sich selbst gekettet hält und höhere Anschauungen ihm verschließt. Aber dazu braucht es einer bestimmten Einwirkung; wie die Hülle der Knospe in einem Moment reißen und aufbersten muss, damit die Blüte sich entfalten könne, so auch hier. Die mächtige Einwirkung einer einzigen bestimmten, das Selbstgefühl überwältigenden Erscheinung, gleich der, von welcher Dante sagte: ›Siehe da, ein Gott, mächtiger denn ich, welcher kommt, über mich zu herrschen‹, ist hierzu unfehlbar am meisten geeignet, und nur die Art, wie sich nun die erschütterte, in ihren Grundfesten bewegte und gleichsam von sich selbst gelöste Seele weiter entfaltet, wird nach verschiedener Individualität unendlich verschieden sein. Die Entwicklung der Idee der Liebe, wenn sie vollkommen menschlich erscheint und so, wie sie wohl auch Goethe im ›Faust‹ vorgeschwebt hat, möchte ich aber am liebsten eine vollkommen organische nennen; ich möchte sie vergleichen, und wäre ich Arabeskenzeichner, ich würde sie zeichnen als einen wundersamen Baum, welcher auf geheimnisvolle Weise aus einem unscheinbaren Samenkorn sich hervorgebildet; das Samenkorn teilt sich zuerst in die ins finstre

Reich der Erde hinabgesenkte Wurzel und in die massigen Wurzelblätter; zwischen letztern waltet anfänglich in größter Zartheit der Keim des aufstrebenden Stammes und der Stängelblätter; – immer frischer, mannigfaltiger und höher treiben dann diese Gebilde herauf, Zweige entwickeln sich mit zierlichstem Laube, dann treiben Blüten hervor, welche Früchte ansetzen, zuhöchst aber bildet sich die geheimnisvolle Rose, die Blüte ohne Staubfäden, und über ihr schwebt, gleich dem von Linnés Tochter zuerst gesehenen Flammenleuchten der Feuerlilien und ähnlicher Blumen, ein strahlender Stern als Symbol der über dem ewig bewegten Leben leuchtenden und ewig beharrenden Idee. Und gewiss, auf solche Weise ist auch die Liebe zu einer die mannigfaltigsten Metamorphosen durchlaufenden Entwicklung bestimmt, und gleich jenem Baume wird sie dann, vollkommen ausgebildet, Himmel und Erde verbinden durch die im Irdischen festhaftende nährende Wurzel und den glänzenden Stern jener höhern Liebe zu Gott, welche den tiefsten Geheimnissen der Seele angehörig ist.

Dieses alles nun, wie ist es so wahr und so merkwürdig im ›Faust‹ aufgefasst! Das böse Prinzip selbst muss ihm, indem es ihn verderben zu wollen scheint, unwillkürlich zum Heile gereichen und zuerst das Samenkorn höherer liebevoller Gesinnung in die Brust werfen; in Gretchens Atmosphäre ergreift den Unsteten, den überall nur die ›Pein des engen Erdenlebens‹ Fühlenden, zum ersten Mal die Empfindung des unendlichen Glückes der Beschränkung. Dorthin gehört die Stelle in Gretchens Zimmer:

Willkommen, süßer Dämmerschein,
Der du dies Heiligtum durchwebst!
Ergreif mein Herz, du süße Liebespein,
Die du vom Tau der Hoffnung schmachtend lebst!
Wie atmet rings Gefühl der Stille,
Der Ordnung, der Zufriedenheit!
In dieser Armut welche Fülle!
In diesem Kerker welche Seligkeit!

Aber dies Gefühl gleicht den ersten warmen, sonnigen Tagen im frühen Frühlinge. Noch ist die Luft nicht der höhern Wärmespannung gewohnt; die aufgehobenen Dünste vereinigen sich zu gewitterhaften Explosionen, und Kälte und Schnee bringen bald wieder ein winterliches Gefühl zuwege. So auch Faust! Die Einwirkung eines so stillen, kindlichen Wesens, eines Wesens, welches an Reichtum innern Gemüts freilich unendlich den Faust überwiegt, aber in geistiger Entwicklung so weit unter seiner Sphäre zurückbleibt, konnte nicht mächtig genug erscheinen, eine vollkommene Metamorphose zu veranlassen. Ein Blick auf eine neue, bis dahin ihm fremde Region hat sich ihm erschlossen; aber er ist dem einzelnen Blicke zu vergleichen, den der Wanderer von einer hohen Bergspitze durch ein wogendes, hie und da zerreißendes Wolkenmeer in schön blühende Täler wirft; sogleich wird er vom finstern Gewölk wieder verdeckt. – Und so wird er bald von dem wüsten, unsteten Treiben seiner innern Zustände weitergerissen; die liebliche, ihrer innersten Idee nach unzerstörbare Erscheinung wird von seinem eignen Unheil erfasst und mindestens zeitlich zertrümmert; er fühlt, es kann nicht anders sein, verzweifelnd ruft er aus:

Mag ihr Geschick auf mich zusammenstürzen
Und sie mit mir zugrunde gehn!

Und so geschieht es! Vergeblich versucht er, auf *seine*
Art zu retten, wo nichts mehr zu retten ist; der Schlag
fällt; von dem ungeheuren Jammer furchtbar ergriffen,
fühlt er zuerst einen echten Seelenschmerz, und wie im
Physischen oft wichtige Entwicklungsvorgänge des organischen Lebens an schwere Krankheitsstürme ge-
knüpft sind, so wirft ihn betäubend ein geistiges Leiden
zu Boden.

Wie viel wäre darüber und über die spätere Verbindung Faustens mit Helena noch zu schreiben, was wohl
zum Thema dieses schon zu langen Briefes noch gehören möchte, in welchem ich Ihnen nur noch schließlich
einige flüchtige Gedanken mitteilen wollte über die letzte und höchste Entwicklung des Faust, wie wir dieselbe,
dem Willen des Dichters gemäß, noch in der Zeit nach
seiner Todes-Metamorphose vorahnen sollen; denn gerade hier tritt abermals ein Moment hervor, in welchem
die Einwirkung höchsten weiblichen Prinzips unmöglich
fehlen konnte.

Der letzte Abschnitt des Werkes ist ein hohes und
höchst eigentümlich gedachtes Mysterium, und ich
muss Ihnen sagen, dass er mir ganz vorkommt wie eins
jener alten Choralbücher für Orgelspiel, wo nur der
Hauptgang der Melodie in einzelnen ganzen Noten an-
gezeichnet ist und vom Orgelspieler verlangt wird, dass
er nach gutem Kunstvermögen und in ihm lebendig ge-
genwärtigen kontrapunktischen Regeln die Harmonie
und die wohl dazu sich eignenden Ausbildungen und

Verzierungen selbst auszuführen und frei vorzutragen imstande sei. Wem nicht die heiligen Anachoreten in ihrem wunderbaren Felsgeklüft noch lebendiger als in den Gemälden des Campo santo von Pisa vor das geistige Auge treten, wem die einmal im Weltgeist aufgestiegne Idee einer Persönlichkeit nicht in ihren ewigen Fortbildungen fasslich werden kann, wem es unverständlich ist, wie dieselbe Idee, dieselbe Monas, nach abgeworfenen zufälligen Formen, aus der dem Tode entflohenen Aureole gar wohl ein neues Lebensgebilde sich entwickeln kann, ein Gebilde, dem die Erfahrungen des vorigen Lebens selbst nach abgestreiftem früheren Bewusstsein zu innerer Förderung zugutekommen, dem wird diese ganze außerordentliche Konzeption, welche mir seit Dantes Paradies als das geistig Erhabenste der Dichtung erschienen ist, stets ein Gewirr willkürlicher, abstruser Formen bleiben und zu keiner erhebenden Klarheit der Vorstellung gedeihen können.

Wer nun aber dem Leitsterne des Dichtergeistes freudig zu folgen versteht, wer im eignen Geiste die Harmonien kontrapunktisch nachklingen lässt zu den armen schwarzen Lettern, welche Goethe uns hierüber einzig hinterlassen konnte, dem geht dort eine ganz eigentümlich verfeinerte, ätherische Welt auf, und dem erscheint es höchst bedeutungsvoll und sinnige, wenn unter seligen Knaben das Unsterbliche Faustens, die eigentümlich sein Erscheinen bedingende Idee, eine neue, feinere Gestaltung gewinnt. Wir hören die Knaben:

> Freudig empfangen wir
> Diesen im Puppenstand;

Also erlangen wir
Englisches Unterpfand.
Löset die Flocken los,
Die ihn umgeben;
Schon ist er schön und groß
Von heiligem Leben.

Noch aber fehlt ein höheres und doch ihm innig verwandtes Prinzip, welches zu eigentümlicher, reinerer, selbsttätiger Entwicklung ihn bestimmen und anregen könnte – da beginnt eine neue Vision:

Dort ziehen Fraun vorbei,
Schwebend nach oben.
Die Herrliche mitteninn,
Im Sternenkranze,
Die Himmelskönigin,
Ich sehs am Glanze.

Und hier schwebt denn auch das in höhere Regionen verklärt gerettete Wesen, dessen reines, tiefes, in sich vollkommen befriedigtes Gemüt dem Faust zuerst die Ahnung *innerer* Seligkeit erweckte – das Wesen, das, wo es fehlte, nur durch Liebe fehlte und diesen Fehl durch Liebe selbst und den nie versiegenden Quell vollkommenster Treue ausglich. Wie notwendig fühlten wir nun alsbald, dass gerade dieses Wesen – sonst Gretchen genannt –, das Wesen, das eigentlich schon im irdischen Leben ein tieferes und gewisseres Wissen besaß als Faust mit aller wirrer Gelehrsamkeit – dass dieses am meisten imstande sei, die sich verklärt entwickelnde Persönlichkeit des Faust nun auch zur Erkenntnis höchster, göttlicher Wahrheit, gleichwie Beatrice den Dante, hinan zu entwickeln und zu leiten, deshalb ihn zu leiten, weil sie selbst als ein rein Weibliches durch und durch das Symbol der Liebe ist. Wie schön ist daher nicht, wenn sie in Beziehung auf Faust zur Maria, ihrem eigenen hell strahlenden, leitenden Gestirn, sagt:

> Vom edlen Geisterchor umgeben,
> Wird sich der Neue kaum gewahr,
> Er ahnet kaum das frische Leben,
> So gleicht er schon der heiligen Schar.
> Sieh! wie er jedem Erdenbande
> Der alten Hülle sich entrafft
> Und aus ätherischem Gewande
> Hervortritt erste Jugendkraft!
> Vergönne mir, ihn zu belehren;
> Noch blendet ihn der neue Tag.

– und wenn ihr dann die *Mater gloriosa* erwidert:

> Komm, hebe dich zu höhern Sphären;
> Wenn er dich ahnet, folgt er nach.

Und so stände ich denn am Schlusspunkte dieser mannigfaltigen Gedankenzüge, welche sich in mir entsponnen hatten, um Ihnen, teurer Freund, alles das auseinanderzusetzen und auszusprechen, was über die Bedeutung höheren weiblichen Wesens für Entwicklung der Menschheit mir nach und nach beim Studium dieses wunderbaren Werkes aufgegangen und deutlich geworden war.

Wie weit mir diese schwierige Aufgabe gelungen ist, inwieweit Sie mir beistimmen oder gegenüberstehen, darüber erwarte ich nun Ihre fernere Mitteilung, nur erlauben Sie mir, ›all dies Vergängliche‹ noch einmal ›als Gleichnis‹ geltend zu machen, und zwar als Gleichnis, welches den Satz bestätigen soll: dass nur jene Liebe, welche eben in echter, vollkommener Weiblichkeit ihr höchstes Symbol findet, das alleinige Mittel sei, den Menschen zu allem Hohen und insbesondere zu lebendiger Erfassung der beseligenden Ideen der Schönheit, Güte und Wahrheit zu geleiten, und so scheint es mir denn, dass erst alsdann, wenn wir die Welt, als ihrer innersten, göttlichen Anlage nach, in solcher Fortbildung und in einem solchen Entwicklungsgange erfassen, sie jenes heilige Schauspiel, jene ›Divina Commedia‹, wirklich darbietet, von welcher ›der Herr‹ im Eingange sagt:

Doch ihr, die echten Göttersöhne,
Erfreut euch der lebendig-reichen Schöne!
Das Werdende, das ewig wirkt und lebt,
Umfass euch mit der Liebe holden Schranken,
Und was in schwankender Erscheinung schwebt,
Befestiget mit dauernden Gedanken!

Vom Wesen Goethes

Kräfte der Entwicklung

Es ist mir schon oft sehr merkwürdig gewesen, was man von Fra Beato Angelico da Fiesole erzählt – nämlich dass, wenn seine Seele von einem Bilde erfüllt und er unter Gebet an dessen Ausführung gegangen war, es ihm nicht möglich wurde, auf irgend andere, wenn auch sichtlich verbessernde Ratschläge für sein Werk einzugehen; – nur so, wie es ihm innerlich erschienen war, musste er es, unbekümmert um etwaige Verzeichnun-

44

gen, zur Ausführung bringen, und wer bedeutende Sachen von ihm gesehen hat, wird eingestehen, dass Fiesole nicht mehr Fiesole bliebe, wenn seine Gestalten auf den schulgemäßen Typus zurückgeführt und von allen Fehlern gegen Zeichnung und Perspektive befreit worden wären. Gerade *dieser* Fiesole aber mit seinem stillen, gottinnigen Sinne ist doch eben das in seinen Werken uns allein Liebe und Verehrungswürdige. – Ähnlich ist es dann auch mit Goethe! Seine Arbeiten lieben wir hauptsächlich, weil wir zuletzt durch sie hindurch immer wieder bald mehr, bald weniger deutlich seine Individualität, seine eigentümlich große und gesunde Natur, und diese immer in jedem Werke wieder von einer neuen und eigentümlichen Seite, gewahr werden. Eben darum nun, weil es bei ihm wesentlich auf die Ausbildung seines ganz eigensten Seins ankam und er darum befähigt und berechtigt war, das ihm nicht Gemäße abzulehnen, selbst auf die Gefahr hin, dass hie und da hierdurch seine Schöpfungen an Korrektheit etwas verlieren möchten, fühle ich mich hier an jenes bekannte Wort erinnert:

... Gemeine Naturen

Zahlen mit dem, was sie tun, edle mit dem, was sie sind. Es gibt Arbeiten, bei welchen es uns gar nicht einfällt, nach der Individualität dessen zu fragen, dem wir sie verdanken; die Sache ist uns hier alles! Ein Wörterbuch, eine sorgfältige deskriptive Arbeit über Menschen- oder Naturwerke und dergleichen lassen uns über die innere Individualität des Verfassers ganz unbekümmert, dahingegen in einer höheren philosophischen Betrachtung, in einem größeren poetischen Werke, in einer tiefern historischen Forschung wir notwendig durch die Individualität des Geistes, von welchem diese Werke ausgehen, in unsrem Interesse wesentlich bestimmt werden; es sind, könnte man sagen, durchlauchtige, das heißt durchleuchtende Werke; der Geist, aus dem sie fließen, leuchtet durch sie hindurch wie der Schein festlicher Kerzen durch die Fenster eines Palastes, und nicht sowohl um des Dargestellten willen, sondern darum, dass uns daran die Individualität des Urhebers, seine eigentümlich großartige Gesinnung, sein weitschauender Heller Geist, seine poetische, schöpferische Kraft durch und durch fühlbar werde, ja dass sie gleichsam magnetisch uns dann ebenfalls durchdringe, fördere und innerlich selbst entwickle, das ist es, worauf es hier ankommt, und darum werden diese Werke immer umso mächtiger wirken, je mächtiger der Genius ist, aus dem sie hervorgegangen sind. Goethes Werke gehören hierher im vollen Sinne des Wortes ... Fremdartiges nicht anzunehmen, Widerspruch entschieden abzulehnen, Erwiderung auf Entgegengesetztes zu vermeiden, musste somit ein unausweichbares Bedürfnis für ihn bleiben, eben um in dieser Entwicklung auf keine Weise gestört zu werden. Wer ihm sonach dergleichen verdenken will und wer diesen Zug aus seinem Leben wegwünscht, ist weit entfernt, in das Verständnis seiner Natur wirklich näher eingedrungen zu sein. Er hielt sich und musste aus innerer Notwendigkeit sich halten an seine eigenen Worte:

Lass dich nur zu keiner Zeit
Zum Widerspruch verleiten,

Weise fallen in Unwissenheit,
Wenn sie mit Unwissenden streiten.

Überhaupt kann in der Beziehung einer reinen, zum großen Teil unbewussten Lebensphilosophie jeder von Goethe Vielfältiges lernen. Wie viele Menschen gewahren wir nicht, die das Kunstwerk ihres Lebens verderben oder unvollkommen ausführen, weil sie nicht zu unterscheiden vermögen, was das ihnen wahrhaft Gemäße sei und was nicht! Bald aus einer irrigen Meinung, für sich selbst irgendeinen Vorteil zu erreichen, bald in der falsch verstandenen Absicht, dadurch, dass sie ihrem eigensten Wesen untreu werden, andern einen besondern Nutzen zu gewähren, verlassen sie das, was Goethe einmal sehr hübsch die Fortifikationslinien unsres besondern Daseins nennt, und stören dadurch ihre eigne Weiterbildung ebensosehr, als sie es sich unmöglich machen, in Zukunft auch andern das zu sein, was sie ihnen hätten sein können, wäre ihre eigne Entwicklung zu ihrem naturgemäßen Ziele gelangt. Es hat mir in Assisi die alte, naive Darstellung des Giotto immer viel zu denken gegeben, wo man die reine Seele in einer Art von Burg wohnen sieht, nur mit umschwebenden Engeln Gemeinschaft pflegend, während die verdorbene Seele aus ihrem Schlosse, durch Dämonen verlockt, in den Höllenabgrund sich verliert. Man kann dabei an gar vieles und insbesondere an die innere Selbstläuterung der Seele erinnert werden; aber auch die Burg, welche die schönere Seele umfängt, ist nicht ohne tiefe Bedeutung: Sie stellt eben die symbolische Bedeutung dar von dem, was Goethe die Fortifikationslinien unsres Daseins nennt, und es ist damit teils die Selbstbeschränkung, teils aber auch die entschiedene Abhaltung des uns nicht Gemäßen, des unser Wesen Beeinträchtigenden bestimmt genug bezeichnet. Will man Goethes Leben im Einzelnen verfolgen, so werden wir eine Menge Züge finden, welche Belege zu diesen Betrachtungen geben. Schon das oben erwähnte Festhalten an dem kleinen weimarschen Kreise, in welchem er allerdings seiner Fortifikationslinien vollkommen Herr blieb, früher schon das Abbrechen verschiedener Verhältnisse, von welchen er voraus empfand, dass sie ihn allmählich nötigen würden, aus der ihm eigentümlichen Richtung herauszugehen, endlich selbst seine entschiedene monarchische Gesinnung, dieweil nur mit dieser und mit entschiedener Ablehnung alles revolutionären Wesens die Durchführung eigentümlichen Lebensganges möglich blieb, werden uns, wenn wir sie in diesem Lichte betrachten, vollkommen deutlich. Dabei hat es mir überall so herrlich an Goethe geschienen, dass er nie und nirgends es so etwa besonders darauf angelegt hat, ein großer Dichter zu werden – dass im Gegenteil er (wie es in einem seiner früheren Briefe heißt) ›weder rechts noch links fragt, was von dem gehalten werde, was er machte, weil er arbeitend immer gleich eine Stufe höher steigt, weil er nach keinem Ideal springen, sondern seine Gefühle sich zu Fähigkeiten, kämpfend und spielend, entwickeln lassen will‹.

In diesem Entwicklungsgange hat es mir immer von unberechenbarem Einflusse geschienen, dass ihm zeitig und selbst wiederholt das Glück zuteil wurde, einen –

man erlaube mir die Bezeichnung – wohlgesinnten Widersacher – einen feindlichen Freund oder freundlichen Feind anzutreffen, welcher, indem er wahres Interesse an ihm nehmen musste, mit Witz und Schärfe ihm aufregend, erfrischend, erweckend entgegentrat.

Mehr, als man glauben sollte, bedarf auch der Höherbegabte des Widerspruchs und der widerstrebenden Wirkung, wenn er mit Energie vorwärts dringen soll, und in Goethes Leben ist darum früherhin der Mephistopheles Merck und der wunderliche Behrisch und späterhin der oft ironisch bitter ihm entgegentretende Herder von der höchsten Bedeutung. Es ist nicht zu sagen, wie viel dem Menschen entgeht, wenn eine frische, scharfe Gegenwirkung ihm fehlt. Kaum eine Einrichtung des alten römischen öffentlichen Lebens hat mir daher so tiefsinnig und bedeutungsvoll geschienen, als dass den Triumphatoren, wenn sie im höchsten Ruhmesglanz zu den Toren der Weltstadt einzogen und indem ihnen die größten Ehren zuteil wurden, zugleich Spottlieder entgegengesungen werden durften und dass sie den Witzworten der Soldaten sich vollkommen preisgegeben fanden. Ebenso war es ein gesundes, natürliches Gefühl, welches den Fürsten des Mittelalters die Schalksnarren beigesellte, damit die Geißel der Satire und des Spottes auch dem gekrönten Haupte nicht fehle und damit eine kernige Individualität unter solcher Einwirkung zu voller Reife gelangen könne ... Kopf und Herz erstarken unter Gegenwirkungen dieser Art, wie leibliche Bildung und Gesundheit sich stählen muss, wenn der Mensch nicht allein hinter dem warmen Ofen und unter weichen Bedeckungen schonend gehalten, sondern wenn er zeitig im Kampf gegen oft unfreundlich andringende Elemente geführt und geübt wird ... Wie gesagt, Goethe vermisste glücklicherweise nicht in seinem Leben eine Einwirkung dieser Art; und was ihm für den Augenblick zuweilen widerwärtige, ja schmerzhafte Empfindungen hervorgebracht haben mag, erkannte er späterhin selbst ganz entschieden als fördernd und heilsam für Entfaltung seines geistigen Lebens.

Wir wollen hier nicht in das Einzelne der Schilderung dieser verschiednen feindlich-freundlichen Einwirkungen eingehen; in Goethes Werken, namentlich in seinem ›Leben‹ und in seinen Tages- und Jahresheften, findet sich alles, was hierhin gehört, aufs Deutlichste vor. Man gewahrt nämlich, zumal in dem noch jungen Goethe, eine gewisse Weichheit, eine bei den lebendigsten Flügelschlägen des Genius oft mancherlei Unvollkommenheiten und Schwächen darbietende Eigentümlichkeit. Dieses mitunter molluskenartig schwankende, unreife Wesen, aus dem doch wiederum hie und da die hellsten Strahlen des Genius aufleuchten – so etwa geben gerade die weichsten, fast formlosen Geschöpfe des Meeres das hellste Meeresleuchten –, hat den Tadlern Goethes immer ein breites Feld gegeben. Dergleichen Leute bedenken nicht, dass der Kristall, der zu schnell erhärtet, sich nicht weiter fortbilden kann und dass eben eine gewisse jugendliche Formlosigkeit, Unstetigkeit und Weichheit allein es möglich macht, dass eine lange fortgehende Entwicklung die höhere Vollendung des Ganzen endlich herbeiführt. Aber bleibend durfte freilich sich jenes Weichliche und Unreife nicht erhalten, fortgedrängt musste der Geist werden von Stufe zu Stufe, immer weiter hinan gegen seine höhere und höchste Entfaltung, und dazu bedurfte es zwar tausend günstiger, wohlwollender Einwirkungen, aber auch mancher scharfer und reizender Berührungen; so etwa hat man in neuerer Zeit gefunden, dass ein junger Baum, wenn er rasch und kräftig emporwachsen soll, zwar der Wohltat geeigneten Bodens und Klimas wie günstiger Pflege und Witterung bedarf, dass er aber fast um das Sechsfache seiner Entwicklung gefördert werden kann, wenn ihm statt reinen Wassers ein Wasser zugeführt wird, dem die Schärfe des Chlors in rechtem Maße beigemischt worden war.

Bei alledem darf man nicht verkennen, dass auch auf spätere Zeiten in Goethes Leben hinaus dieser Kampf einer innern Weichheit gegen äußere antagonistische Einwirkungen sich behauptet hat; für das Verständnis jenes ablehnenden, förmlichen, ministeriellen Wesens, welches gerade dem Dichter so oft verargt worden ist und welches nicht nur als Notwehr gegen unbedeutende Überlästige gebraucht wurde, sondern oft auch ganz tüchtige, aber etwas heterogene Naturen (man denke an Bürger) widerwärtig berührte, mag diese Betrachtung sehr wichtig genannt werden. Oft drehte sich sogar hier das Verhältnis um; Goethe, im Gefühl der innern Weichheit, verbarg sich unter der härtern Schale der Förmlichkeit und drückte und reizte dadurch die, welche an ihn sich anzuschließen bereit waren. Schillers innerlich festere Natur mochte wohl dieser Rüstung nicht bedürfen, und dessen ungeachtet hat Goethes Wirkung wie im Leben so in der Poesie auf so außerordentlich viel weitere Regionen sich ausgedehnt – wohl eben nur darum, weil allemal das Weichere nicht bloß das mehr

Verletzbare, sondern auch das mehr Lebendige sein
wird.

Gesetz des Geheimnisses

Es führt zu den weitgreifendsten Betrachtungen, wenn
man auf diesem Wege bei Goethe weitergeht und gewahr wird, dass allerdings überall hervorleuchtet, wie
die rechte Ausbildung seines Lebens – die Lebenskunst –
ihn eigentlich viel tiefer beschäftigte als alles andere, ja
wie dieses andere vielmehr durchaus Blüten waren,
welche frei und leicht von selbst hervortrieben, während
jenes ernste Werk unaufhaltsam, mit Mühe und Aufop-
ferung und rein absichtlich fortgeführt wurde. Folgende
Stelle, obwohl zunächst in anderer Beziehung mitgeteilt,
werden wir ganz hierher ziehen dürfen; sie heißt: ›In
meiner besten Zeit sagten mir öfters Freunde, die mich
freilich kennen mussten: was ich lebte, sei besser, als
was ich spreche, dieses besser, als was ich schreibe, und
das Geschriebene besser als das Gedruckte.‹ Er rechnet
diese Äußerung zu den Bemerkungen gelassen beobach-
tender Freunde, welche, weil sie das innerste mystische
Leben berühren, oftmals gefährlich werden könnten, indem sie mitunter zu wirken pflegen wie der Namensruf
auf den über Höhen hinsteigenden Nachtwandler. Gewiss abermals ein merkwürdiges und beziehungsreiches
Wort! – ein Wort, welches wieder dadurch eine eigentümliche Seite des Lebens und der Lebenskunst an-
spricht, dass wir in ihm ein wichtiges, rein menschliches
Verhältnis angedeutet finden, welches wir vielleicht am
kürzesten als ›Gesetz des Geheimnisses‹ bezeichnen
dürfen und welches für Goethe wie für jede tiefere Na-

tur stets ein sehr wichtiges gewesen ist. Wie nämlich auch in der physiologischen Geschichte der Organismen erkannt werden kann, dass die wichtigsten Lebensverhältnisse derselben, das heißt, die wunderbaren Vorgänge, durch welche sie entstehen, sich fortbilden und vermehren, dergestalt ins Verborgene gebracht sind, dass nur mit dem ausdauerndsten Fleiße, mit Anwendung größten Scharfsinnes und mithilfe mannigfaltiger künstlicher Apparate es dem Forscher gelingen konnte, nach und nach einiges davon zu enthüllen, während das Ganze derselben zu jenem Verborgenen gehört, welches schon im Altertum als die nie zu entschleiernde Isis verehrt wurde, so liegt auch im spirituellen Organismus, in der Seele des Menschen, eine Region des Mysteriums, welche einen eigenen geheimen Tempeldienst, eine stille innere Weihe fordert, wenn von ihr aus so das äußere weltliche Leben durchdrungen und erwärmt werden soll wie von der verborgenen innern Glut des Planeten das Leben an seiner Außenfläche. Wehe dem, der diese Mysterien verkennt – wer sie entweder vergisst und völlig ins Unbewusstsein versinken lässt oder wer sie mit frevelnder Hand berührt und in das gewöhnliche Treiben des Tages dahingibt. Um das, was die höchste Aufgabe des Sich-Darlebens der Idee unsers Daseins ist, um das Wachstum der Energie dieser Idee, wird er sich unbedingt gebracht haben.

Folgt man der Lebensentwicklung von Goethe, so findet man überall die deutlichsten Spuren einer gewissen Ehrfurcht gegen das innere Mysterium und auch darin ein Dokument seiner Lebenskunst. Schon als Knabe, wenn er dem unbekannten Gott den Altar erbaut, entsteht in ihm eine stille Freudigkeit dadurch, dass jeder andere in diesem Altar nur eine wohlgeordnete Mineraliensammlung erblickt; und auch späterhin sagt er manches schöne, bald ernste, bald humoristische Wort darüber. Man könnte zu den letzteren die Stelle rechnen, wo es heißt: ›Die Geheimnisse der Lebenspfade darf und kann man nicht offenbaren, es gibt Steine des Anstoßes, über die ein jeder Wanderer stolpern muss. Der Poet aber deutet auf die Stelle hin.‹ Überall durchdringt Goethe mächtig eine gewisse Ehrfurcht gegen das,

Was, von Menschen nicht gewusst
Oder nicht bedacht,
Durch das Labyrinth der Brust
Wandelt in der Nacht!

Musik

Mozart

Geist Mozarts Im Jahr 1832 nach seiner großen Symphonie C-dur

Glücklich ist ein jeder Tag zu preisen, an welchem der Mensch wieder neue Gelegenheit findet, sich in den Äther der Schönheit, sei es auf eine oder die andere Weise, einzutauchen. Den heutigen, an welchem Mozarts große Symphonie C-dur vor mir, und in reiner, ruhiger Umgebung, gut aufgeführt wurde, nenne ich einen solchen. O, Mozart – das heißt einen Gedanken ausdenken. Da liegts ja eben, dass die Ewigkeit des Gedankens begriffen werde. Denn jeder Gedanke, wenn er diesen Namen verdient, deutet auf das Ewige; wie ein schönes

Gewölk schwebt er in der Luft, die sich in den unendlichen Weltraum verliert. Aber wie hoch der Luftschiffer in diesen unendlichen Raum eintaucht, darin bewährt sich die Kraft des Fluges. Das aber vermag eben Mozart wie keiner sonst in Tönen. Wie einfach ist nicht der Grundgedanke dieser Symphonie, und welchen Baum mit herrlichen Zweigen, Blättern, Blüten und Früchten hat er aus diesem Samenkorn erzogen! Freudig wächst es im ersten Satze empor und bewegt schon hier mit den mannigfaltigsten Regungen unsere Brust; dann senken sich in Fülle schmerzlicher Liebe die sich ausbreitenden Zweige im zweiten Satze, dem Adagio, abwärts – aber nun sprossen neue, freudige Triebe im dritten Satze, dem Allegro, gen Himmel, um im vierten Satze dann, in tausend Verschlingungen, in den zartesten Schwingungen und mit wunderschönen Blüten bedeckt, sich im reinsten Äther zu wiegen. Es ist etwas der Art doch so ganz allein der Musik erreichbar; denn wo möchten zum Beispiel sonst völlige Umkehrungen eines Gedankens, nicht nur seinem allgemeinen Sinne nach, sondern selbst nach seinen einzelnen Lauten, möglich und immer, wie hier, schön scin? Und so tut Mozart wirklich im Schlusssatze zuweilen: Er lässt im Chore den Gedanken oder, deutlicher zu sagen, die Melodie fortklingen und gibt der leitenden Stimme dieselbe Melodie, aber in gerade umgekehrten Noten, sich fortwährend nach den künstlichsten Verschränkungen des musikalischen Gesetzes bewegend und nichtsdestoweniger immer in der heitersten Freiheit. Gewiss, ich wüsste doch auch nichts Edles und Wahres, nichts Schönes und Gutes, was nicht aus Klängen, wie denen jenes Adagios, widerhallte und tief sich mit ihnen uns einprägte.

Verlorene Heiterkeit neuerer Musik

Nach Mozarts ›Entführung‹ im Jahr 1833

Wenn, von Neuem erweckt, die Kristallreinheit dieser Musik wieder an meiner Seele vorübergeht, wenn ich die unendliche Frischheit und Heiterkeit, die darin lebt, abermals recht innerlich empfinde, so wird mir dabei immer klarer, wie es doch nicht möglich zu sein scheint, dass in unserer jetzigen Zeit Werke eines solchen Charakters wieder entstehen können. Wie der Fieberhafte nicht mehr den ruhigen, gleichmäßigen Puls und Atem des Gesunden haben kann, so ist unserer Zeit nicht mehr möglich, Werke so durchaus heitern, unschuldigen Sinnes hervorzurufen. Giftig, einschneidend, gleichsam quetschend, und dann wieder üppig aufreizend fordert die fieberhaft angeregte Zeit ihre ästhetischen Leistungen, und Heil dem, der noch in stiller Seele mindestens die volle Empfänglichkeit sich bewahrte, die klaren Werke früherer Perioden rein auf sich wirken lassen zu können! Wunderbar bleibt es indes, dass Geister wie Mozart und Goethe, ganz einer andern Zeit angehörig als unserer politisch nervösen und gespannten, doch zugleich auch alles das tiefe Weh der neuern Menschheit in seinen schneidendsten Kontrasten, dass sie jene unselige innere Zerrissenheit, welche das Wirkende neuerer Kunstwerke bezeichnet, in ihren herrlichsten Werken ›Don Juan‹ und ›Faust‹ allerdings wahrhaft vorgeahnt haben. Musste dies nicht eben deshalb so sein, weil schon in ihrer Zeit der Keim lag zu der stechend scharfen Frucht, welche erst die gegenwärtige Zeit reifen ließ? Ist es aber nicht schlimm, dass mich selbst, den die herrliche kindliche Lebendigkeit dieser ›Entführung‹ im Hören so ganz belebte (ich wüsste wirklich lange nicht, wann ich so reine Freude empfunden hätte als bei der Kavatine: ›Welche Wonne, welche Lust!‹), dass, sage ich, die Erinnerung des Gehörten selbst mich nun gerade auf den Gegensatz jener Heiterkeit zu führen Gewalt hat. Freilich, die Krankheit liegt zu nahe, als dass sie nicht überall sich fühlbar machen sollte. Indes auch hier gilt das

Doch ihr, die echten Göttersöhne,
Erfreut euch der lebendig-reichen Schöne!

Beethoven

Gedankenfolgen der Musik

Nach van Beethovens [Fünfter] Symphonie in *c-moll*

Im Jahr 1833

Es ist mir noch nicht so deutlich geworden als bei dieser beethovenschen Symphonie, wie vollkommene Anwendung auf Musik der Ausspruch Goethes leide: ›dass das Leben nur insofern etwas wert sei, als es eine Folge [2] habe‹. Waren denn etwa das in der dieser Symphonie vorhergehenden modernen Kantate andere Töne als in der Symphonie? Hatten dort die Instrumente einen andern Klang? Hallten die Akkorde auf andere Weise an

---

² Folge im alten Wortsinn: Folgerichtigkeit, Konsequenz.

den Bogen und Pfeilern der Kirche wider? Nein, die Töne, die Instrumente, der Widerhall waren dieselben, aber
die Folge war eine andere. Was dort willkürlich und ge-
dankenlos wie Scholle an Scholle sich lehnte, entsprang
hier gleichwie an zierlichen Rankengewinden Blatt auf
Blatt in organischen Verhältnissen. Die Folge war un-
verkennbar; ein Lebens-Brennpunkt warf seine Strahlen
durch alle Verzweigungen des Kunstwerks, und ein lebendiges Einheitsprinzip verknüpfte die wunderbar
mannigfaltigen musikalischen Figuren. – Es geht übrigens ein tiefes, schmerzliches Gefühl auch durch diese
wie durch die meisten beethovenschen Kompositionen;
schon im ersten Teile hauchen die Instrumente schweres
Seelenleiden des Dichters aus, bis erst später helle, kräf-
tige Ermutigung wieder lebhafter auflodert; besonders
merkwürdig aber war mir der letzte Teil, welcher mit
einfachen humoristischen Modulationen fast spielend
zwar beginnt, doch immer so, dass ein schmerzliches Ju-
cken sich durchfühlen lässt, bis dann, als ob ein großer
Entschluss sich in der Seele hervortäte, die Melodie,
gleichsam zum Kampfe rufend, in die mutigsten und
doch von einer gewissen Verzweiflung nicht ganz frei-
zusprechenden Klänge ausbricht. Wie endlich diese Töne, einem über Felsen sich bergabwärts gießenden Stro-
me vergleichbar, ihrem Schlüsse zueilen, hebt sich plötzlich noch einmal die Erinnerung des frühern einfachen,
still humoristischen Zustandes gleich dem Scheideblick
der Sonne, wenn sie am Horizonte noch einmal unter
Wolken sich zeigt, heraus, und nun erst erfolgt der eigentliche Abschluss dieses ganzen dichterischen Gedan-
kenzuges. Jeder, der auf die Vorgänge seines innern Le-

bens zu achten gewohnt ist und der da erkannt hat, dass die strenge innere Wahrheit überall nur durch eine richtige organische Folge der Zustände bedingt wird, er muss aber anerkennen, dass ein großer Teil der Freude, welche wir an einem so folgerichtigen Kunstwerke, wie dieses eines ist, empfinden, wesentlich eben dadurch sich erhöht, dass alsdann allemal mit der Schönheit zugleich auch die Notwendigkeit der gesamten Gliederung zum innigsten Bewusstsein gelangt.

C-moll-Symphonie Beethovens noch einmal gehört am Palmsonntage 1835

Ich habe früher versucht, den musikalischen Grundgedanken dieses Werkes mit menschlichen Zuständen zu vergleichen und die Schilderungen derselben in Worten zu geben; heute habe ich es zum zweiten Male in solcher Vollkommenheit gehört, und nun finde ich Beziehungen dieser Art immer noch zu eng. Es ist etwas Eigenes um ein rechtes Musikwerk – gewissermaßen steht es vor dem Geiste durchaus als eigentümliche organische Welterscheinung, als eine solche, die zwar mit allem, was uns auf Erden umgibt, unmittelbar nichts gemein hat, aber doch die Entwicklungsgesetze jedes Organismus teilt und gleich einem solchen auf uns einwirkt. Schwebte nicht heute schon der erste Teil dieser Symphonie wie ein großes, in abendlich schönen Farben erleuchtetes, breithin schattendes Gewittergewölk heran? Die Wolken wogen wunderbar ineinander, Wetterleuchten teilt sie hie und da, und mitunter hört man das Rollen eines fernen Donners; bald aber brach dann dieses Adagio hervor, wie wohl bei beginnender Nacht ein klarfarbiges Mondlicht durch die sich teilenden Wolken bricht. Dies alles empfunden und erwogen: Es bringt uns dann dazu, ein solches Werk mehr als ein Naturwerk zu verehren, als ein Werk, bei welchem man zwar vieles sich denken, welches man aber durch keinen Gedanken wahrhaft erschöpfen mag und kann. Ebenso ist es ja, wenn ich das Meer vor mir ausgebreitet sehe oder wenn die Schönheit des Sonnenaufgangs meine Seele rührt; da kann ich zwar Vergleichungsweise an vielerlei menschliche Zustände denken, auch an so manches, was in meinem Innern gewogt hat oder erleuchtet worden ist; aber jene Erscheinungen selbst stehen doch gänzlich auf ihrer eigenen Basis, sie sind Werke eigener Art, in denen es dem schaffenden Weltgeist gefallen hat, gerade auf diese besondere Art sich zu offenbaren. Und so, meine ich, ist es denn auch mit diesem Werke und manchem ihm ähnlichen. Es ist daher nicht abgesehen, eine Folge von Begriffen, welche auch durch Worte ausgedrückt werden könnten, in Tönen zu erfassen, es ist nicht darauf abgesehen, eine besondere menschliche Gemütsstimmung in Melodien auszusprechen, es ist noch weniger die Rede davon, etwa bloß äußere Naturerscheinungen in Tönen zu wiederholen – ein echtes großes Musikwerk ist selbst allemal etwas durchaus Neues, das der Menschheit durch Offenbarung in einzelnen Kunstseelen hiemit ebenso erst aufgegangen ist, wie dem blind Geborenen schon oft die Hand des begabten Arztes ein ihm vorher ganz unbekanntes Etwas – das Licht – aufzuschließen vermocht hat. Daher auch wohl großenteils das schwer zu Fassende eines solchen neuen Ganzen – aber daher denn auch die Freude daran, wenn erst der Sinn für die inneren organischen Verhältnisse desselben uns wirklich eröffnet ist. Möge denn diese Freude allen denen kommen, die es mit der Kunst ernsthaft meinen.

Nach Beethovens Trio *B-dur*

Im November 1838

Es ist wunderbar, was alles ein echtes Musikwerk in der Seele loslöst, was für Bilder auftauchen, was für Gedanken sich erzeugen. Es war heute eine tiefe Verstimmung in mir – ich konnte wenig tun; die trübe Luft, der nasse Schnee, alles wirkte lähmend und drückend –, da kam ich zu diesem Trio. Vorher ging ein Quatuor von Haydn – eine gute Einleitung –, der treue, gute, einfache Mann, wie er sich so freudig mitteilt! – und in dem Adagio schießen plötzlich hohe, leuchtende Gedanken hervor, seiner Zeit um ein halbes Jahrhundert vorauseilend. – Dann aber wieder dieser Beethoven! Mit jedem Satze seiner Musik wurde mir wohler und frischer, und wie Wolken vor der Sonne verzog sich die nächtliche Stimmung. Es fiel mir bei ihm ein: Ist nicht der Mensch eigentlich ein Cherub mit drei Flügelpaaren, die untern kurz, schwerfällig, den Cherub nur flach über der Erde hin und kurze Strecken weit zu tragen geschickt, die obern immer größer, mächtiger, zu immer höherm und weiterm und schönerm Fluge geeignet! Bei den meisten Menschen schwingen bloß die untersten Flügel, die obern sind ungebraucht, gelähmt und zuletzt durch Nicht-gebraucht-Sein verkümmert. Auch hier nun wird anfänglich nur ein und das andere Flügelpaar entfaltet, endlich aber und mit einem Male auch die größern Adlerflügel: Rauschend gehen sie voneinander, und nun geht unaufhaltsam der Flug zur Sonne. Es ist ein heilendes und belebendes Prinzip in dieser Musik.

Musikalische Gedanken

Musikalische Gedanken sagt man eigentlich nur figürlich, so wie man das Wort Ton auch für gewisse Eigenschaften der Farbe braucht – beides ist zu entschuldigen, weil es an besondern Worten für beides eben fehlt. Aber diese musikalischen Gedanken haben in ihrer Sphäre vieles, ja fast alles, was die erkennenden eigentlichen Gedanken auch haben: Sie können Klarheit und Verworrenheit haben, sie können mächtig und erhaben, sie können schwach und gemein sein usw.; besonders aber können sie sich auch auszeichnen durch das, was wir reine, gesunde, natürliche Folge nennen, und je mehr unser innerer Sinn ausgebildet und entwickelt ist, desto mehr wird *diese* Folge uns freuen, und desto mehr wird ihr Mangel uns unbefriedigt lassen. Es gibt einen Fluss großer musikalischer Gedanken, welche durch diese Folge, durch diese große, erhabene Natürlichkeit das Gefühl einer höchsten Schönheit entzünden können. Der dritte Akt von Glucks ›Armide‹, die größten Werke Mozarts und viele unsterbliche Schöpfungen Beethovens haben dies in vollstem Maße. Fehlt diese Folge, so kann selbst der Reichtum feinster und originellster Harmonie und unerwartetster Tonverhältnisse nicht ein hinreichendes Gegengewicht darbieten. Das seligste Genügen des Geistes aber entsteht im Reiche der Töne allemal erst dann, wenn Melodien ihm zudringen, wie er selbst sie nicht zu schaffen vermag, wie sie ihm aber doch so durchaus gemäß sind, dass er in ihnen sich selbst gleichsam vervollständigt findet, und wenn in diesen Melodien ihm alles neu und doch alles so notwendig, so organisch bedingt und darum wieder so bekannt vorkommt, dass er im Voraus gewiss ist, es *könne* nicht anders kommen, als es kommt. Dieses Genügen ist daher eigentlich auch allein der Prüfstein vollendeter Schönheit eines großen musikalischen Werkes.

Malerei

Claude Lormin

Wunderbarer Mensch, dieser Lothringer! Unbeachtet und unbehilflich bis in vorgerücktere Jahre, zum Koch und Pastetenbäcker in Rom unbrauchbar befunden und von Taso endlich mit Not als Farbenreiber angenommen, lernte er erst mit Mühe zeichnen und malen, schuf dann plötzlich, wie durch Eingebung, ein ganz neues Feld der Kunst und bearbeitete nun dasselbe in einer Weise, dass auch bis in die neueste Zeit niemand an Anmut, Freiheit, Wahrheit und Schönheit ihm darin es zuvorgetan hat. Wie wir sagen durften, dass Raffael das eigentliche Madonnengesicht zuerst in der Kunst dargestellt habe, sodass, sobald wir den eigentlichen Begriff jener wunderbaren Vereinigung von Jungfrau und Mutter denken wollen, wir immer auf ihn zurückkommen müssen, so brachte Claude – im wahrsten Sinne ein Raffael der Landschaft – den Begriff der Schönheit der Erdnatur dergestalt zum ersten Male in die Welt, dass, wenn wir jetzt das Reinste, Mildeste und Schönste landschaftlicher Wirkungen in freier Natur zu bezeichnen versuchen, wir keinen verständlicheren Ausdruck dafür finden, als dass wir sagen, es sei diese Gegend wie ein Bild von Claude.

Man muss sich wirklich manchmal absichtlich in jene Zeiten vor ihm zurückdenken, um das ganze Gewicht seiner Produktionen zu empfinden; man muss die Landschaften von Mathias und Paul Brill aufmerksam betrachten, um zu erkennen, was eben, bevor Claude den Bann der Unnatur brach, als landschaftliche Kunstwerke bewundert zu werden pflegte, ja man muss sich in der Literatur umsehen, um sich zu überzeugen, dass bis zum 17. Jahrhundert überhaupt von Anerkennung der Schönheit landschaftlicher Natur, an und für sich und als solche, wenig oder gar nicht die Rede war, und dann erst wird man das Wunder, was durch jenen Genius gewirkt worden ist, völlig verstehen. – So ist es mir zum Beispiel immer merkwürdig gewesen, des alten Michel Montaigne Reise nach Italien zu lesen und darin die Schönheit der römischen und neapolitanischen Gegenden, die Bläue der Schatten, die edlen Zeichnungen von Wald und Gebirg und die malerische Wirkung der Ruinen nicht einmal erwähnt, geschweige denn gerühmt zu finden; wie denn übrigens ja auch die Dichter des Altertums – eben weil alle diese Zeiten noch keine eigentliche Kunst der Landschaftsmalerei kannten – zwar wohl das Angenehme und Schöne der Natur besingen, allein keine Spur davon bei ihnen vorkommt, dass diese Natur als solche Gegenstand eines besondern Kunstgenusses und Kunstfaches sein könnte. Zuerst also musste auch hier der Glückliche geboren werden, dem in dem bewusstlosen Leben von Wald und Feld – Gebirg und Tal, Luft und Licht – die Idee der Schönheit wirklich fühlbar und erkennbar wurde – der dann zugleich bestimmt war, dieses Schöne nicht nur in sich aufzunehmen und sich anzueignen, sondern der endlich dadurch, dass er es in seinen Werken Widerscheinen und wiedergeboren werden ließ, dasselbe zugleich seinen Zeitgenossen wirklich näher brachte und es somit erreichte, nach und nach das Auge der bewussten Menschheit überhaupt zu erschließen für das Schöne der unbewussten Natur an und für sich. Und dieser glückliche Sterbliche war nun eben dieser Claude Gelée, der Unbekannte, den man in Rom zuvor nicht einmal in der Küche und Bäckerei gut genug gefunden haben wollte ...

Bekannt genug in ihren Gegenständen, brauchen wir sowohl bei der in Abendlicht gezeigten sogenannten Küste des Zyklopen [Dresden] als bei der in Mittagshelle dargestellten weiten Gegend, in welcher die Reise der Heiligen Familie die Staffage bildet [Dresden], nur auf das aufmerksam zu machen, was bei beiden am leichtesten der Beachtung der Kunstfreunde sich entzieht und doch für die Kenntnis der Bedeutung des Künstlers gerade vorzüglich wichtig genannt werden muss. Ich rechne aber hierher insbesondere teils das entschiedene Hervorheben von Ton im Verhältnis zur Farbe, teils die fast antik zu nennende Abstraktion von der Natur im Einzelnen, bei einem doch, und zwar großenteils unbewussten, energischen Festhalten größter Naturwahrheit im Ganzen. – Zuerst Ton und Farbe, zwei schwer wiegende Begriffe im Bereiche der gesamten Malerei! Es ist hier allerdings eigentlich ein Mangel unserer Sprache (doch welche Sprache böte in dieser Beziehung Besseres), dass wir einen Begriff borgen müssen vom Reiche des Hörbaren für Schilderung eines Verhältnisses im Reiche des Sichtbaren. Alle Welt weiß jedoch jetzt, dass Ton in diesem Sinne stets eine gewisse über ein Natur – oder Kunstbild verbreitete Stimmung, eine gewisse das Allgemeine beherrschende Harmonie des Kolorits ausdrückt, welche überall die spezielle Färbung umstimmt, ja zuletzt gewissermaßen sie völlig aufheben kann. Um indes die ganze Bedeutung von Ton, gegenüber der Farbe, zu fassen, muss man sich erinnern, dass schon in der organischen Welt, je höher und edler die sichtliche Erscheinung eines Wesens sich verklärt, umso weniger von scharfer Färbung die Rede sein kann. Nur niedere Geschöpfe sind daher durch sehr entschiedene, brennende Farben von der Natur bezeichnet; das höchste Geschöpf, der Mensch – der weiße – der Tagmensch –, hat nur einen eignen seinen Ton seiner äußern Bedeckung; aber nirgends im normalen Zustande zeigt sich an ihm mehr Grün und Gelb oder schroffes Rot und Blau oder irgendeine ganz scharf hervortretende besondere Farbe, weshalb ja eben auch nur Meister wie Tizian diese ganze Poesie eines solchen feinen Kolorits zu erreichen imstande waren, dergestalt, dass vielleicht nie so sehr die Unwissenheit eines Neugierigen in diesen Dingen bezeichnet wurde als durch die einem Maler beim Malen einst gestellte Frage, wo er denn auf der Palette die Fleischfarbe habe. Nun also, dasselbe, was den Menschen als höchstes organisches Geschöpf auszeichnet, das wird auch teils der schönen Erscheinung landschaftlicher Natur selbst – teils und vorzüglich aber wird es nicht dem landschaftlichen Kunstwerke fehlen dürfen, wenn hier irgend von höherer Stimmung und echter Schönheit die Rede sein soll. – In der Natur zwar ist wohl auch der Blick auf ein Tulpenbeet schön, ebenso wie das Hören der hunderterlei Vogelstimmen im Frühlinge nie einen Missklang gibt, eben weil all dies stets nur Glieder eines großen, göttlichen Ganzen sind; aber die Landschaft entzückt uns doch allemal dann am meisten, wenn Morgen- oder Abendduft, eben jenes, was wir Ton nennen, über das Ganze verbreitet und somit der Aufschrei jedes einzelnen Farbigen verstummt ist. An das Kunstwerk hingegen (eben weil es zunächst stets ein Ganzes *in sich* sein soll) stellen wir geradezu als unerlässliche Forderung, dass darin der Ton die Farbe beherrsche und in solcher allgemeinen seinen Stimmung wirklich ein in sich geschlossenes Ganzes hervortrete. Das schöne goethesche Wort wird erst alsdann durchaus maßgebend:

Was künstlich ist, verlangt geschlossnen Raum,
Natürlichem genügt das Weltall kaum.

Denn sicher kann ein Bild kaum mehr auseinanderfallen und aufhören, innerlich ein Ganzes zu sein, als indem es hart nebeneinander elementare Farben hinstellt, und ich habe oft meine Betrachtung gehabt, warum die Werke älterer Maler (und zwar nicht bloß etwa dadurch, dass sie von der Zeit gebräunt waren) schon, wenn man sie ganz von Weitem sieht, wie etwa beim Eintreten in eine Galerie, so einen viel mehr harmonischen Eindruck machen als so viele der modernen; – ich fand nämlich immer, dass nächst der konzentrierten Lichtwirkung ganz besonders das bestimmtere Vorherrschen von Ton über alles, was man elementare Farbe nennt, dasjenige war, wodurch solche angenehme Wirkung entstand. Jetzt also, um wieder auf unsere beiden Bilder von Claude zu kommen: Wie sehr gilt das, was ich vom Ton gesagt habe, von beiden! Es herrscht da eine Keuschheit der Färbung, eine Sparsamkeit des entschieden Blau, Grün oder Rot, und der Ton selbst ist (sogar, wenn wir zugeben, dass der Bolusgrund, auf welchem Claude zu malen pflegte, etwas noch von der Farbe hinweggenommen habe) doch an sich gleich so moderiert *gedacht*, dass wir weit mehr gerade dadurch in die milde, leicht zu atmende Atmosphäre eines glücklichen Himmelsstriches versetzt werden, als dies jene modernen Künstler erreichen, welche das freilich herrliche Blau des italienischen Himmels und italienischer Fernen eben nur durch eine recht brennende Ultramarinfarbe uns hervorzuzaubern versuchen, uns aber doch dadurch keineswegs jene feinere Natur des Himmels und der Erde in Wahrheit gegenständlich heranbringen. Und so beachte man denn nur hier in diesen beiden schönen Werken, mit welch seiner, melodischer Schwingung auf der Zyklopenküste der Ton des Meeres, der Wolken, der vulkanischen Küste selbst, wie der der tiefen Schatten des Vorgrundes so ganz harmonisch ineinanderklingt und wie wieder auf der Tageslandschaft das sehr moderierte schöne Himmelsblau gerade den Ton anschlägt, der dann durch die Berge und Bäume und Gebäude der Ferne durchzittert, in den breiten Wässern und Wasserfällen sich spiegelt und noch über das milde, stumpfe Grün des Vordergrundes wie ein zarter Hauch sich verbreitet, ja selbst durch die dunkeln, weichen Laubmassen der großen

Bäume zur Linken kühlend zu wehen scheint, allwo er übrigens von den zartbraunen Schattentinten noch besonders hervorgehoben erscheint. Kurz, in alledem wird uns somit eine Luft fühlbar werden, ein Äther, welcher überall zwischen Berg und Tal eindringt, uns die Brust erweitert und somit vollkommen das uns gewährt, was die Vorstellung einer vollkommen günstigen irdischen Umgebung uns irgend gewähren kann.

Hier demnach liegt jedenfalls eins der Geheimnisse, welches dem unsterblichen Künstler sich zuerst erschloss und was seine Werke so stark von jenen bloß materiell sogenannten Landschaften – wie sie als übereinandergehäufte bunte Bilder von Bergen, Flüssen, Bäumen und Städten uns schon von den Gebrüdern Brill zukamen – unterscheidet. Wer daher unsere beiden Claudes in dieser Beziehung recht nachhaltig betrachten will, wird gewiss große Freude daran erleben.

Das andere Geheimnis aber, was diese Werke so eigentümlich auszeichnet, ist dann die, wie wir es nannten, fast antike Abstraktion von dem Einzelnen der Natur, bei einem doch so mächtigen, unbewussten Festhalten derselben im Ganzen. Ist es doch schon eben jenes ungeheure Detail, was uns entgegenleuchtet, sowie wir hinaustreten und Wald und Feld und Meer im Einzelnen betrachten, worin eine der gefährlichsten Klippen für den Künstler verborgen liegt. Ein Unerreichbares steht vor ihm; versucht er wirklich in allen seinen Tiefen einzutauchen, so ist er geradezu verloren, und weicht er im Gegenteil wieder ganz davon zurück und verweilt bei bloßer Oberflächlichkeit, so hört er eigentlich auf, Künstler zu sein, und wird bloßer Dekorateur. Hier ja war es eben, wo die Plastik der Griechen den höchsten Triumph feierte, indem nur sie es erreichte, die menschliche Gestalt von all ihren Zufälligkeiten zu entkleiden und doch die Erscheinung ihrer Idee, gleichsam des Willens der Natur im Menschenbau, in reinster Form dem Auge wieder darzubilden. Nun, ein ganz Ähnliches aber tat Claude zuallererst für die Landschaft. Siehe diese Bäume! Sie sind wirkliche Bäume, aber in einer höhern Verklärung; sie erfüllen den Begriff des Baumes, ohne sich anzumaßen (was sie ja nie erreichen könnten), die Sache selbst geben zu wollen. Ebenso ist es mit diesem Rasen, diesen Wasserfällen, diesen weichen, im Abendlicht weit hinaus glitzernden Wellen des Meeres, diesen Bergen und diesen Wolken. Alles das ist wahr und doch nicht wirklich – wie wir ja wieder von der Natur sagen können, dass sie selbst das Wirkliche und doch nicht an und für sich das höhere, dahinterliegende, transzendentale Wahre, die Idee sei. Und eben das beruhigt uns so, das rettet uns gleichsam das Unvergängliche aus dem Vergänglichen der Welt und erfüllt ganz den großen Ausspruch, den uns der Herr im Vorspiel zum ›Faust‹ zuruft:

Und was in schwankender Erscheinung schwebt,
Befestiget mit dauernden Gedanken.

Und doch, indem wir nun so schon etwas tiefer in diese großartigen Darstellungen der Erdnatur eingedrungen sind, haben wir jetzt immer noch nicht des einen schönen Zuges in diesem Geheimnis gedacht, welchen wir andeuteten, indem wir sagten, diese Erfassung der Natur im ganzen sei ›halb unbewusst‹ erreicht. Es liegt nämlich auch in jener Abstraktion von der Wirklichkeit noch eine andere, schwer zu vermeidende Gefahr verborgen, und das ist die Gefahr der trocknen Reflexion und des bloßen Mechanismus der Darstellung. Sobald nämlich der Verstand über alle diese Formen eine Art von Schema sich macht, sobald der Gedanke bloß zum harten Kreuze wird, an welches die Gestalt des weichen Lebendigen geschlagen wird, kurz, sobald man ›die Absicht‹ allein durchfühlt, so ist aller poetischer Zauber dahin, und das Gemüt wendet sich unwillig ab von etwas, das man jetzt nur ›eine Leiche der Natur‹ nennen könnte. Wie schwer aber nun, ohne Absicht doch die höchste Ansicht und Einsicht zu treffen! Hier kann allein die Magnetnadel des Genius zum Ziele führen, und ist dieser Magnet stark genug, so wird er freilich seines Zieles auch sicher nie verfehlen. So nun hier dieser Claude! Untersucht man das Technische der Behandlung im Einzelnen, so ist das meiste mit einer Kindlichkeit, einer unbewussten, ich möchte sagen: zaghaften Sicherheit gemalt, von der man kaum glaubt, dass sie im Ganzen der Darstellung so großartiger Verhältnisse fähig sein könnte. – Schon früher, wenn ich zuweilen von Betrachtung moderner, mit gewaltigster Praktik des Pinsels ausgeführter Landschaften wieder zum Claude kam, habe ich Freunde darauf aufmerksam gemacht, wie hier das meiste Einzelne so unbehilflich und fast nur mühsam zusammengestrichelt erscheine, – und dann kamen wir doch immer überein, dass eben diese im Einzelnen so zusammengetüpfelten Bäume und Rasen und Gewässer schöner waren als alles, was wir vorher von Neuern gesehen hatten. Bei alledem möchte man indes (wenn sich eben da so abmessen und markten ließe) wieder oft auch wünschen, dass dieses Unbewusste des Künstlers in anderer Richtung weniger mächtig gewesen wäre und er der Reflexion hier und da hätte mehr Raum gewähren können. Es betrifft dies vorzüglich die Staffagen seiner Bilder, als in denen wieder das Handwerksmäßige, was in alter Zeit der Kunst noch so nahe stand (weshalb auch freilich wieder das Handwerk näher der Kunst), stark sich hervorhebt. Es war da nämlich nun einmal so hergebracht, die Landschaft müsse durch Figuren belebt sein – er selbst malte aber keine wirklich guten Figuren (weshalb er auch zu sagen pflegte, er verkaufe seine Landschaften und gebe die Figuren zu), und so ließ er denn oft von Lauri oder Allegrini sich historische oder mythologische Figuren in seine Landschaften hineinmalen (wie auch eben bei unsern beiden Bildern) und reflektierte dabei dann freilich so wenig über das Ganze, dass er es geduldig litt, wenn die hineingemalten Gestalten durch ihre bunten Farben geradezu jene Schönheit des Tons teilweise zerstörten, welche in dem ruhigen Licht und dem anmutigen, allgemeinen Schimmer seiner Gemälde so großen Reiz übte. Indem ich aber nun gegenwärtig nicht weiter in alles Detail der Betrachtung dieser beiden außerordentlichen Werke Claudes auf unserer Galerie eingehen will, kann ich hier doch nicht schließen, ohne noch meinen Lesern zu empfehlen, wenn sie der harmonischen Farbenwirkung – das ist des Farbentons – derselben sich vollkommen erfreuen wollen, bei ihren Betrachtungen sich durch irgendeinen in der Hand vorgehaltenen kleinen Gegenstand – eine dunkle Schreibtafel etwa oder dergleichen – die vorspringenden, mit falschem Licht erleuchteten und aus der Harmonie gehenden Farben jener Staffagen zu verdecken, worauf sie dann sogleich eine ganz andere und vollkommene, reine Wirkung des Ganzen gewahr werden müssen. Namentlich gilt das von den Figuren des Acids und der Galatea auf der Zyklopenküste, welche ganz unwahr in Ton und Farbe hervortreten und völlig die weiche Harmonie des Bildes zerreißen, sodass dann, sobald gerade sie verdeckt werden, erst die Wirkung des ganzen Bildes mit einer Schönheit hervorgeht, welche wohl an jene Schilderung Siziliens erinnern könnte, wie sie der Zyklop bei Theokrit mit den Worten besingt:

Lorbeerbäume sind dort und schlank gestreckte Zypressen,
Dunkler Efeu ist dort und ein süßtraubiger Weinstock;
Kalt auch rinnt der Bach, den mir der bewaldete Ätna
Aus hell schimmerndem Schnee zum Göttergetränke herabgießt.

Niederländer

Über den Strich bei den Niederländern

Wie es dem seiner musikalisch gebildeten Ohre immer zu wahrem Genüsse gedeihen wird, wenn der Ton durch gut empfundenen und reinen Anschlag oder Bogenstrich recht frisch und klar herauskommt, während das Gegenteil ihm stets zur Qual gereicht und nur den Stümper verkündigt, so auch erwächst dem wahren Bilderkenner jedes Mal eine besondere Freude aus den freien, sichern und großen Feder-, Stift- oder Pinselzügen des vollendeten Malers, während unbeholfene, ängstliche oder unsichere Züge stets ihm entweder nur einen stümperhaften Anfang oder das wahre Ende und Untergehen der Kunst verraten. Fragen wir aber nach der Ursache, warum jene Klarheit und Entschiedenheit des Strichs hier wie in der Musik so eigentümlich belebend auf uns einwirkt, so können wir doch nur erwidern: Es sei, weil sie selbst auf einer innern Tüchtigkeit und Sicherheit des Künstlers beruht, eine Tüchtigkeit, welche nun, wie alles der Art, gewissermaßen magnetisch auf den Beschauer zurückstrahlt, ihm gleichsam für den Augenblick etwas von dieser innern Bevorzugung selbst mitteilt und dadurch eine eigne Art von mutigem, freudigem Gefühl erregt. Sogar das ganz Skizzenhafte, wenn es nur sonst durch Kraft der Fantasie und völlige Beherrschung des Strichs geadelt wurde, kann daher durch jenes Magnetische eine hinreißende Wirkung hervorbringen und wird zuweilen in den Werken befähigter Künstler [Rembrandt] wahrhaft unwiderstehlich.

Ruisdaels Bilder in der Dresdner Galerie

Treten wir zuerst vor das Bild, das von der Jagd den Namen hat und schon darum zwiefach merkwürdig genannt werden muss, weil ein Blick auf die ungeheure Wahrheit seiner Darstellung im Allgemeinen uns so oft völlig vergessen macht, dass im einzelne die von van de Velde hineingemalte Jagdstaffage mit dem ins Wasser setzenden Hirsch, durch welchen der Wasserspiegel selbst so gar nicht aus seiner Ruhe kommt, eine gewaltige Naturwidrigkeit einschließt. Ich erinnere mich wirk-

lich, dass, als ich in frühern Jahren schon mich vielfach
an diesem Werk erfreute, es ziemlich lange gedauert hat,
ehe ich auch nur entfernt das Vorhandensein dieses Feh-
lers gewahr wurde, was denn offenbar nur darin seinen
Grund haben konnte, dass dies Bild, wie Ruisdaels beste
Sachen überhaupt, den trefflichsten Ausdruck jenes großen Kunstgesetzes bewährt, ›bei allem Festbestehen auf
ideeller Naturwahrheit sich doch stets fernzuhalten von
jedem bloß realistischen Bestreben, irgendwie eine Na-
turwirklichkeit erreichen zu wollen‹. Wie wir daher etwa in den großen Werken vom Parthenon gerade darum
umso mehr das Gefühl von der ursprünglichen Schönheit griechischen Menschentums erhalten, weil der
Künstler von jeder eleganten Marmorglättung und jegli-
chem zu nahe an die Natur Herantreten sich vorsichtig
zurückhielt, so empfinden wir nun in diesem Bilde den
unvergänglichen Reiz echt germanischen Waldlebens offenbar deshalb umso mehr, weil der Maler dabei mit einer gewissen innerlichen Keuschheit auf den Triumph
absoluter Naturwirkung und auf den Glanz eleganter
Farbenspiele, wie sie Herbstlichkeit und Abendlicht gar
wohl hier bedingen konnten, in so hohem Grade ver-
zichtete, dagegen umso mehr einer gewissen Abstraktion in der Auffassung dieser Farbenwelt wie einer wahren Kindlichkeit und Naivität des Machwerks nachstreb-
te, ganz so, wie ich dasselbe schon bei Claude als höchst
bedeutungsvoll hervorgehoben hatte. Man studiere daher diese Baumwipfel in ihrer einfachen, jedes Zuviel
vermeidenden Verästung, diese Stämme mit der so
merkwürdig wahren Rindenbildung, diesen hellgelbli-
chen, lettenreichen Sandboden und dies klare Dunkel

solcher still-sumpfigen, schilfreichen Gewässer, und aus allen wird uns der Begriff einer gewissen unbewussten Weisheit von Ruisdaels Künstlernatur auf das Deutlichste hervordringen, ja es uns vollständig erklären, warum, nachdem uns hier die innerste Idee der Natur selbst nahegebracht wurde, wir es nun eben weniger beachten, wenn hier und da (zum Beispiel bei den vergessenen Wellen um den durch das Wasser gejagten Hirsch) einzelne Momente ihrer Erscheinung vermisst werden; ganz ebenso wenig etwa, als uns Zufälligkeiten in der Verzierung eines Rahmens im Vergleich mit dem davon umfassten interessanten Bilde besonders irremachen werden ... Nicht minder beachtenswert und bewundernswert als dies Bild ist ferner ein andres kleineres, einen Sandweg und abgeerntete Felder mit aufgestellten Garben darstellend. Der Gegenstand ist gewiss der prosaischste, die Behandlung die einfachste, und doch wird man nicht müde, den Blick an dem stillen, seltsamen Stückchen Erdleben fest haften zu lassen. Jeder erinnert sich ja wohl, in deutschen oder niederländischen Landstrichen solche Wege einmal gefahren zu sein, wo die Räder tief in den weichen Sandboden mahlen und den Reisenden nur langsam vorwärts bringen. Jeder sah solch staubig grünes Erlengehölz, über welchem eine alte Dorfkirche und Windmühle hervorragt, und alle kennen wir auch jene spätern Sommernachmittage trockner Jahre, wo große und doch leicht wie Nebelmassen gestockte Kumuluswolken bei warmem Erntewetter unter blauem Himmel über ein trocknes Land langsam dahinschweben, welches vergeblich von ihnen den feuchten Regen erwartet. Es ist ja dann eine eigne Stille in der

Natur, die Luft zittert vor Wärme über den Feldern, man hört über den Stoppeln nur die Grillen singen, und das Ganze hat die Stimmung, von der die Griechen gern sagten: ›Der große Pan schläft.‹ Wer, den das schaukelnde Fuhrwerk etwa einmal in solcher Zeit durch solche Flächen getragen hat, überließ sich dann nicht manchen still um Vergangenes und Künftiges schweifenden Gedankenzügen und empfand dabei das wehmütige Glück, sich Erinnerungen oder Hoffnungen auf Augenblicke hinzugeben, die nie zu einem Resultat für Gegenwart mehr ausschlagen konnten! Aber alle dergleichen Gedanken kommen einem wieder, wenn man vor diesem merkwürdigen Bildchen steht und seinem stillen magnetischen Zuge sich hingibt; und dabei ist das Ganze wieder mit so wunderbarer Einfachheit geschaffen, so frei von jeder Ostentation oder absichtlicher Sentimentalität, und behauptet ebenfalls wie jene sogenannte Jagd die eigentümlichste Zurückhaltung von allem peinlichen, kleinlichen Realismus.

War jedoch in diesem Bilde gezeigt, wie der echte Künstler auch der trockensten, fast steril zu nennenden Aufgabe eine bedeutende ästhetische Wirkung abzugewinnen vermag, so gedenke ich jetzt zum Schluss noch zweier andrer Bilder, von denen das eine den Beschauer in jüngere, durchsichtige, wegsame Waldung, das andre ihn in ein kleines, von frischem Gebirgswasser durchfeuchtetes Tal versetzt. Beide haben aber sicher schon die Verzweiflung manches Kopisten erregt, denn wenn es gewiss schwer und ohne mechanische Hilfsmittel fast unmöglich ist, die halb unbewussten Züge einer Handschrift in einer genauen Abschrift wiederzugeben, so werden die farbigen Züge des Pinsels, wie sie in vielfachen Verschlingungen endlich ein Bild gestalten, im Einzelnen natürlich noch weit unnachahmlicher, und zwar, je tiefer sie alle von inneren Gefühl durchdrungen sind, umso mehr! Abschattungen bedeutender Originale gehen daher wohl von Nachahmern oft genug hervor, wirkliche zweite Schöpfungen derselben aber werden, gleich vollkommenen Übersetzungen aus einer in die andre Sprache, stets zu den seltensten Erscheinungen gehören.

Man studiere denn namentlich in dem ersten dieser Bilder die frische, leichte Behandlung des Baumschlags! Jeder halb unbewusst hingeworfne Pinselstrich ist hier so imprägniert von der tief in die Seele des Malers eingegangenen Vorstellung von der Eigentümlichkeit unsrer Waldvegetation, dass er immer lebendigst einen Teil derselben uns vergegenwärtigt, so wahrhaft hieroglyphisch auch die Art dieser Striche an sich bleibt. Und was vom Striche als Form gilt, gilt dabei ganz ebenso von ihm in der Farbe. Überall sind nur gleichsam Symbole des Wirklichen gegeben, und doch, wem eben diese Wirklichkeit einigermaßen genauer bekannt ist, der liest dann diese Symbole doch, als wären es vertraute Lettern.

Romantische Kunst

Zukünftige Idee romantischer Landschaftsmalerei

Es geschieht oft plötzlich, dass eine Idee, die wir längere Zeit eingehüllt in unserm Innern getragen haben, durch irgendeinen äußeren Anstoß, wie Minerva aus

dem Haupt des olympischen Herrschers, hervortritt, ja
es haben wohl die Alten selbst jene plötzliche Offenbarung eben nur unter diesem Bilde anschaulich machen
wollen. Ungefähr auf gleiche Weise glaube ich auch über
jenen Zustand der Landschaftsmalerei in neuerer Zeit
meine Gedanken entfesselt gefunden zu haben, seit ich
in Goethes drittem Heft zur Naturwissenschaft zuerst
seine Betrachtungen über die Wolkenformen und dann
das angefügte schöne Gedicht [Howards Ehrengedächt-
nis] zu guter Stunde gelesen hatte. Fragst du, was eben
in diesem Gedichte mich so wunderbar bewegt hat, so
wüsste ich mich darüber nur etwa auf die Weise auszusprechen: Wenn wir im tätigen Leben gewahr werden,
dass die vollkommene Reinheit des Handelns nur in
zweierlei Zuständen hervortritt, einmal im naiven, ursprünglichen Zustande, wo das dunkle Gefühl des uns
innewohnenden Göttlichen ohne alles weitere Bedenken
unmittelbar auf das Wahre und Rechte hinweist, ein an-
der Mal dann, wenn nach manchen Abirrungen des Lebens eine klare Erkenntnis unserer Verhältnisse zu Gott
und Welt sich erschließt und nun jene frühere, ihrer
selbst unbewusste Reinheit mit Klarheit und Bewusstsein im Leben ausgeprägt wird, so leitet dieses alles zu
der Ahnung, dass in der Kunst wohl eine ähnliche Zwie-
fachheit innerer Vollkommenheit gedacht werden könne. – Von dem ersteren Pol der naiven, ursprünglichen
Kunstvollendung habe ich mancherlei Gedanken in
früheren Briefen verfolgt; ebendieses Goethesche Gedicht aber führte mir mit einem Male recht lebhaft die
Idee einer zweiten, auf höhere Erkenntnis gegründeten
Kunstschönheit vor, und eben von Goethe haben wir aus

seinen späteren Zeiten noch mehrere ähnliche Dichtungen erhalten, in denen die reinste und die vollkommen wissenschaftliche Erkenntnis gewisser Lebensvorgänge die Seele des Dichters durchdrungen hat, um nun zu poetischer Anschauung und Auffassung in höherer geistiger Wiedergeburt sich zu verklären.

Dass dieses Gedicht über die Wolken entstehen konnte, dazu bedurfte es langer, ernster, atmosphärologischer Studien, es musste hier beobachtet, beurteilt, gesondert werden, bis nicht nur die Kenntnis der Wolkenbildung, wie sie einfache, sinnliche Anschauung gewährt, sondern die Erkenntnis, welche allein Frucht wissenschaftlicher Forschung ist, erreicht war. Nach all diesem fasste nun das geistige Auge alle gesonderten Strahlen des Phänomens zusammen und spiegelte den Kern des Ganzen in künstlerischer Apotheose zurück. – In diesem Sinne gefasst, erscheint dann die Kunst als Gipfel der Wissenschaft, sie wird, indem sie die Geheimnisse der Wissenschaft klar erschaut und anmutig umhüllt, im wahren Sinne mystisch oder, wie Goethe sie auch genannt hat: orphisch.

›Nun‹, höre ich dich sagen, ›das soll doch nicht auf Landschaftsmalerei übergehen? Du willst doch nicht mystische und orphische Landschaften?‹ – Und warum nicht? – Freilich mag ich nicht jene kleinliche, ich möchte sagen abergläubische Mystik, welche irgendein durch Konvention und Tradition gegebenes Symbol in den Kreis der lebendigen Kunst einschwärzen möchte ... Nein! Ich meine die Mystik, welche ewig ist wie die Natur selbst, weil sie nur Natur, ›die am lichten Tag geheimnisvolle‹, ist, weil sie nichts weiter will als Naturinnigkeit und Gottinnigkeit und eben darum für alle Zeiten und alle Völker verständlich bleiben muss.

Was bildet denn Landschaftsmalerei als die große irdische uns umgebende Natur – und was ist erhabener als die Erfassung des geheimnisvollen Lebens dieser Natur? Und wird der Künstler, durchdrungen von der Erkenntnis der wunderbaren Wechselwirkungen von Erde und Feuer und Meer und Luft, nicht gewaltiger durch seine Darstellung zu uns reden, wird er nicht reiner und freier die Seele des Beschauenden aufschließen, dass auch ihm sich die Ahnung der Geheimnisse des Naturlebens erschließe, dass auch er erkenne, kein ungeregeltes, leeres Ungefähr bestimme den Zug der Wolken und die Form der Gebirge, die Gestalt der Bäume und die Wogen des Meeres, sondern es lebe in alledem ein hoher Sinn und eine ewige Bedeutung? Denn es sind die Gebilde des Geistes, von dem es heißt:

So schaff ich am sausenden Webstuhl der Zeit
Und wirke der Gottheit lebendiges Kleid.

Welche Landschaften lassen in dieser Beziehung nicht sich denken! Wenn die ältesten naiven Landschaftsmaler entweder an die täglich uns umgebende Natur unbedingt sich hielten und eben durch ihr treues Anschließen an diese ihre Umgebung unbewusst manches Bedeutungsvolle darbildeten oder durch Beziehung auf Geschichte und Mythe der Menschen ihren Bildern höheres Interesse verleihen wollten, so würde dem Maler, dem die Erkenntnis des Naturlebens aufgegangen wäre, der reinste und erhabenste Stoff von allen Seiten zufließen. Wie redend und mächtig spricht nicht die Geschichte der Gebirge zu uns, wie erhaben stellt sie nicht den Menschen unmittelbar als Göttliches in Beziehung zu Gott, indem sie jede vergängliche Eitelkeit seines irdischen Daseins gleichsam mit einem Male vernichtet, und wie deutlich spricht sich diese Geschichte in gewissen Lagerungen und Bergformen aus, dass selbst dem Nichtwissenden dadurch die Ahnung einer solchen Geschichte aufgehen muss; und steht es nun dem Künstler nicht frei, solche Punkte hervorzuheben und im höheren Sinne historische Landschaften zu geben? – Wie bedeutungsvoll ist nicht die Art der Vegetation für den Charakter der Gegend; und die Geschichte der großen Formationen der Pflanzenwelt uns im schönen und sinnigen Gewände vorzuführen, wäre sicher eine edle Aufgabe der Kunst: Denn es gibt ein geheimes Verhältnis unter diesem stillen Geschöpfen, und ein reiches poetisches Leben verbirgt sich in ihren Blättern und Blüten. Wie unendlich mannigfaltig und zart sind nicht endlich die atmosphärischen Erscheinungen! Alles, was in des Menschen Brust widerklingt, ein Erhellen und Verfinstern, ein Entwickeln und Auflösen, ein Bilden und Zerstören, alles schwebt in den zarten Gebilden der Wolkenregionen vor unsern Sinnen; und auf die rechte Weise aufgefasst, durch den Kunstgenius vergeistigt, erregt es wunderbar selbst *das* Gemüt, an welchem diese Erscheinungen in der Wirklichkeit unbemerkt vorübergleiten. –

Du würdest freilich zu viel verlangen, wenn ich dir nun schildern sollte, wie im Einzelnen ein solches landschaftliches Kunstwerk beschaffen sein sollte, welche besonderen Gegenstände gewählt werden, wie die Ausführung in Form und Farbe sein müsste; denn dann müsste ich ja selbst schon der Künstler sein, von dem ich nur erwarte, dass er einst kommen wird; aber kommen wird er sicher. Es werden einst Landschaften noch höherer, bedeutungsvollerer Schönheit entstehen, als sie Claude und Ruisdael gemalt haben, und doch werden es reine Naturbilder sein, aber es wird in ihnen die Natur, mit geistigem Auge erschaut, in höherer Wahrheit erscheinen, und die steigende Vollendung des Technischen wird ihnen einen Glanz verleihen, den frühere Werke nicht haben konnten.

Aphorismus aus ›Friedrich, der Landschaftsmaler‹

Allem, was wir empfinden und denken, allem, was ist und was wir sind, liegt eine ewige, höchste, unendliche Einheit zugrunde. Ein tiefes, innerstes Bewusstsein, welches, eben weil durch dasselbe die Möglichkeit alles Erkennens, Beweisens und Erklärens gegeben ist, selbst nie erklärt oder bewiesen werden kann, gibt uns davon, und zwar nach dem Grade unserer Entwicklung, bald dunkler, bald klarer die feste Überzeugung. Offenbar ist uns dieses Höchste in Vernunft und Natur als Inneres und Äußeres, wir selbst aber fühlen uns als einen Teil dieser Offenbarung, das ist als Natur- und Vernunftwesen, als ein Ganzes, welches Natur und Vernunft in sich trägt, und insofern als ein Göttliches. Im höheren geistigen Leben wird uns hierdurch eine doppelte Richtung möglich, entweder nämlich sind wir bestrebt, das Mannigfaltige und Unendliche in Natur und Vernunft zurückzuführen zu ursprünglicher göttlicher Einheit; oder indem das Ich selbst produktiv wird, stellt die innere Einheit durch äußere Mannigfaltigkeit sich dar. Im letzteren Falle zeigt sich das Können, im ersteren Falle das Erkennen. Aus dem Erkennen geht das Wissen, die Wissenschaft hervor, aus dem Können die Kunst. In der Wissenschaft fühlt der Mensch sich in Gott, in der Kunst fühlt er Gott in sich.

Nachwort

Die Zeit der deutschen Klassik und Romantik fasste ihre Kraft auf einer Stufe später Bewusstheit noch einmal zusammen, um in Besinnung und Wissenschaft ihr Gesetz zu Ende zu leben. Von Humboldt und Grimm bis zu Jakob Burckhardt reicht ein edles Geschlecht universal gerichteter Gelehrter und Denker, das eine von Goethe und der Romantik begründete Lebensidee so still wie reich dargelebt und die nachhaltende Kraft der Epoche in später Stunde unter einem schon fremden Tage noch bewährt hat. Carl Gustav *Carus*, der Arzt, Maler und Forscher, war unter ihnen im treuesten Sinne ein Vollender des Erbes, das er in seiner ersten Lebenshälfte noch persönlich zu empfangen begünstigt war in der Freundschaft mit Goethe, Tieck und Caspar David Friedrich. Diesem so zarten wie bewussten, treuen wie klugen Geiste schien wirklich die Bestimmung zugefallen, in wissenschaftlicher Kristallisation das Erbe aus Klassik und Romantik zu einer abendklaren Bewusstheit und Versöhnung zu führen – womit denn freilich auch ein so zukunftsreiches Werk geschaffen war, dass es uns heute als das am meisten gegenwärtige seiner Zeit erscheint und wie eine alterslose, der Zeit entzogene Einsicht in das Natur- und Seelenreich entgegentritt.

Der Forscher Carus mutet uns oft an wie die Manifesta-
tion des Forschers Goethe in einem neuen, zweiten Menschen. Dass dies ohne Vergewaltigung möglich war,
zeigt die Kraft der goetheschen Idee sowie die Innerlich-
keit der unternommenen Nachfolge. Als noch zu Goethes Lebzeiten morphologische Werke von Carus erschienen, sprach sie Goethe, bewegt und beglückt, als
die Fortsetzung und Vollendung der eigenen naturfor-
schenden Bemühungen an. Goethisch ist ferner die Allseitigkeit und Mühelosigkeit seines Schaffens: Carus, Di-
rektor der Klinik und Dozent, späterhin Leibarzt am
sächsischen Hof, einer der gesuchtesten Ärzte seiner Zeit
– schon bald in glücklicher familiärer Bindung stehend,
gesellschaftlich vielseitig verpflichtet und immer zahl-
reichen Freunden zugetan –, dieser Mann schafft (neben
seinem malerischen Opus) ein Werk, dessen Bände, eine
Bibliothek füllend, alle Zweige der Naturwissenschaft
sowie Philosophie, Psychologie, Kunstbetrachtungen
umfassen, ein Werk, das in seinen medizinischen Teilen,
zum Beispiel der Gynäkologie, bahnbrechend gewesen
ist und in seinen psychologischen Teilen uns heute Heller als je leuchtet. Diese Allseitigkeit entsprang durchaus
nicht nur vielseitigem Eifer und bloßer Wissenslust. In
seinem Werk *musste* sich vielmehr das Ganze spiegeln,
weil es für ihn nur das Ganze gab und nichts Einzelnes –
weil eben, ganz goethisch, die Grundkraft seines Schaffens eine Art von Liebe war, eine dem Ganzen gewidme-
te Welt-Liebe, ein immer aufnehmendes, zart beglücktes
Hingegebensein an das große Wundergewebe des Na-
tur- und Geistesreiches, dessen sich der Verstand bis in
jede einzelne Kostbarkeit zärtlich zu bemächtigen und

schließlich, aufzeichnend, auch den anderen davon zu vermitteln nicht müde werden konnte. In allem empfand er den Hauch des Ganzen; und immer weiter zu forschen war ihm nichts anderes, als immer tiefer in das Wunder einzutauchen. ›Betrachtet, forscht, die Einzelheiten sammelt, Naturgeheimnis werde nachgestammelt!‹ (Goethe, Marienbader Elegie). Die Ausdehnung zum Allseitigen war schließlich nur der weiteste Ausdruck dieser forschenden Liebe.

Er vermochte die großen, geheimnisvollen Analogien zu fühlen, welche das Naturreich (in seinen Farben, in den Gesetzen der Organismen usw.) dem Reiche des Geistes verbinden. Soweit dies Einheitsgefühl ihm rational und aussprechbar werden konnte, hat er es ausgesprochen, – und auch der Leser unserer Auswahl wird dies bei den Gleichnissen der Faust-Deutung empfunden haben. So kommt es, dass Carus oftmals einen Eindruck hinterlässt wie sonst nur Dichtung: Wir fühlen die Welt als Ganzes gegenwärtig.

Sein Eigentümlichstes lag in der Erfühlung ›des genauen Bezuges von Leiblichem und Seelischem‹. Was heute die Forschung zu ›Körperbau und Charakter‹, was die Physiognomik, was ferner die Lehre von psychogenen Krankheitsursachen oder umgekehrt von der Färbung des Seelenlebens durch Organerkrankungen kurz, was alle die heute neu belebten Bemühungen um den Bezug des Leiblichen zum Seelischen uns vermitteln, das ist von Carus angeregt worden und sieht sich immer wieder zu seiner vorbildlichen Feinfühligkeit zurückverwiesen. Seinem Auge, künstlerischem und wissenschaftlichem Organ zugleich, wird die Schädelform sprechend, wie etwa seine Beschreibung im Goethebuch zeigt; ihm ist die menschliche Hand ein immer verräterisches ›Symbol‹; er erkennt in der Erneuerungskraft und den Rhythmen der goetheschen Natur einen leiblich-seelischen Gesamtausdruck, den er zu beschreiben vermag. Seinem ›diagnostischen‹ Blick war alles körperliche ›bedeutend‹ und Durchsicht gebend auf ein dahinterliegendes Gestaltendes. Überall schwingt dabei die Problematik der Bewusstheit mit, wie sie seit Kleists ›Marionettentheater‹ wirksam geworden ist, und macht uns den Ton der Forschung merkwürdig gegenwartsnah. – Am Rande dieses Forschungskreises hat Carus, als Erbe der Romantik, auch den ›Lebensmagnetismus‹ und die ›magischen Wirkungen‹ eingehenden Betrachtungen unterzogen.

Mit der Ausdruckswissenschaft nähern wir uns dem Gebiet, auf dem Carus sein gültigstes Werk schuf, der Seelenkunde. Wenn Goethe einmal sagt: ›Der Mensch kann nicht lange im bewussten Zustande verharren; er muss sich wieder ins Unbewusstsein flüchten, denn darin lebt seine Wurzel‹, so hat er damit das Leitmotiv angegeben, dem neben vielen anderen Motiven eine ›fugierte‹ wissenschaftliche Darstellung und Begründung in Carus' ›Psyche‹ (1846) beschieden war. Der Reichtum der Themen, die darin, auch aus der Ahnungsfülle der Romantik erwachsen, zur Durchführung kommen, ist riesenhaft und gestattet keine kurze Beschreibung. – Seit Jahren hat das Werk in verschiedenen Neudrucken eine Auferstehung erlebt und hat unsere heutige Psychologie, etwa bei C. G. Jung, manchmal überraschend zu bestätigen und auch weiter auszugestalten vermocht. Fast möchte man sagen, die ›Psyche‹ sei das modernste Werk über manche tiefenpsychologische Frage. Eine ähnliche Auferstehung war in den letzten Jahren manchen ausdruckswissenschaftlichen und naturphilosophischen Schriften beschieden, bedingt durch die Wendung vieler Forscher zu einer von Carus angebahnten Forschungsweise.

Die schönste Bewährung seines seelenkundlichen Verständnisses bedeutet sein ›Goethe‹ (1843). Man hat mit Recht gesagt, hier sei Goethe mit goethischen Augen gesehen. Die Seelenerschließung, die das Buch gibt, bedeutet eine ›kongeniale‹ Einfühlung. – Sein Stil erreicht hier den Höhepunkt: In einem weichen Glanz, in dem Heranschwebenden, mit dem er tiefe Dinge anrührt und in Gleichnissen vergegenwärtigt.

Unter den ästhetischen Werken kommt den Briefen über Landschaftsmalerei diese Nähe zu. Im Umgang mit Caspar David Friedrich entstanden, am persönlichen Schaffen immer wieder geprüft, gehören diese Briefe zu den schönsten und bewusstesten Dokumenten über die romantische Malerei. Von gleicher Kraft sind die Briefe über Goethes ›Faust‹; sogleich nach Erscheinen des ganzen ›Faust‹ geschrieben, stellen sie die erste große Würdigung und Interpretation dar, in der auch der zweite ›Faust‹ berücksichtigt ist. Der Literarhistoriker wird immer wieder die traumwandlerische Sicherheit der Deutung bewundern: Die Paralipomena, die Briefe und Gespräche lagen Carus noch nicht vor; aber alle diese Dokumente – die für die Faust-Deutung so unschätzbar geworden sind – haben späterhin diese Interpretation nur Punkt für Punkt bestätigen können.

Der 1789 Geborene hatte 1821 seine Begegnung mit Goethe. Der Bund war geschlossen; Goethe schrieb ihm sogleich nach dem Zusammentreffen: »Ew. Wohlgeboren nur allzu kurzer Besuch hat mir eine tiefe Sehnsucht zurückgelassen; ich habe mich die Zeit her oft mit Ihnen im Stillen unterhalten ...« – »Fürwahr, Sie vereinigen so viel Eigenschaften, Fähigkeiten und Fertigkeiten; deren innigst lebendige Verbindung teilnehmendes Bewundern erregt.«

Dieses Leben, das der inneren Entwicklung und Läuterung gelebt wurde, enthält eigentlich nichts Äußeres, das bemerkenswert wäre. – Einer Natur wie Carus war das Alter die innerlich gemäße Zeit. Ein bis zum achtzigsten Jahre währendes, geistdurchleuchtetes Alter hat ununterbrochen Werk um Werk aus seiner Reife geschenkt. Dabei fühlt man, wie die Seele ihre verschwiegenen letzten Wandlungen zum Ewigen hin besteht und schließlich ein Innerstes, Heiliges mächtig wird. Der Achtzigjährige schreibt nach seiner letzten Prüfung, dem Tod seiner Lieblingstochter, in einem Brief: »Ein solcher Schmerzensriss ins Leben, den mein Herz nicht aushalten wird, er hat doch auch einzelne große, erhebende Momente. Und ich konnte sie durchfühlen! Und zum Besten des Ewigen in mir zurücklegen ...« – »Gestern rührten mich eigene Formen der Knospen meiner Kastanien, wo die jungen, schon großen grünen Blättchen, in dicke weiße Wolle eingepackt, von braunen, glänzenden Schalen bedeckt, recht schon versinnbildlichen, mit welcher tief bedeutsamen Liebe das Vaterauge für alles wacht, wie es der jungen Knospen gedenkt und wie es ja unmöglich ist, dass es dabei des armen Menschenherzens nicht gedenken sollte.« – Als Carus ein Jahr später stirbt, bringt sein Testament den Schlusssatz dieses Lebens. »... ein langes und reiches Leben war mir gegönnt, und ich scheide davon als von keinem verfehlten Kunstwerk, vielmehr mit innigem Dank gegen Gott und mit aufrichtiger Liebe zu den Menschen. – Möge Gott mir begangene Fehler verzeihen, und möge von den Menschen ein wohlwollendes Gedächtnis mir vergönnt werden ...«

———

Den Kern unserer Auswahl bilden Aufzeichnungen, die Carus nach dem Theater- und Konzertbesuch in später Stunde hingeworfen hat, bestrebt, den augenblicklichen Eindruck des Werkes festzuhalten. Diesen Stücken (oft aus halb verschollenen Bänden gezogen) haben wir mannigfach Verwandtes angeschlossen. Der Kunstbetrachter und Interpret sollte sprechen, weniger der Kunstphilosoph. Der Leser sollte erfahren, wie ›große Kunst‹, bekannte Werke, wie ›Faust‹ oder ›Beethovens Fünfte‹, sich in einer Seele gespiegelt haben, deren Stärke das Verstehen war. Zum Schlusse bleibt uns noch der Wunsch, der Leser möge nicht mit unruhiger Hand nach einem Band von Carus greifen; man muss in ein Element der Stille eingetreten sein, wenn diese diskrete Sprache, diese oft nur angedeuteten Gedanken vernehmbar werden sollen.

Paul Stöcklein

www.ingramcontent.com/pod-product-compliance
Lightning Source LLC
Chambersburg PA
CBHW030355180626
46812CB00007B/2901